UNA SEGUNDA OPORTUNIDAD SOBRE LA TIERRA

JUAN VIDAL

HOLIDAY HOUSE  NEW YORK

RESEÑAS Y PREMIOS DE LA EDICIÓN EN INGLÉS

A SECOND CHANCE ON EARTH

UNO DE LOS MEJORES LIBROS JUVENILES
DEL AÑO DE KIRKUS

UNO DE LOS MEJORES LIBROS INFANTILES
DEL AÑO DE BANK STREET

UNA ELECCIÓN PARA ADOLESCENTES DEL PERSONAL
DE LA BIBLIOTECA PÚBLICA DE CHICAGO

★ "Sincero, conmovedor y hermosamente escrito".

—*KIRKUS REVIEWS*, RESEÑA ESTELAR

★ "A través de versos conmovedores, Vidal examina hábilmente los temas de la amistad, la masculinidad, el duelo y la redención".

—*PUBLISHERS WEEKLY*, RESEÑA ESTELAR

★ "Una oda a la literatura en el debut juvenil de Vidal. Es una novela en verso introspectiva sobre el proceso de madurar indispensable en cualquier colección de literatura juvenil".

—*SCHOOL LIBRARY JOURNAL*, RESEÑA ESTELAR

"Vidal es un narrador talentoso, y lo demuestra claramente en esta novela a veces desgarradora y hábilmente ejecutada en verso".

—*BOOKLIST*

"*A Second Chance on Earth* marca el debut de Vidal como una fuerza literaria nueva y crucial que debe ser tomada en cuenta".

—LILLIAM RIVERA, AUTORA GALARDONADA DE *NEVER LOOK BACK*

"Juan ha capturado la vorágine adolescente que es añorar y afrontar y querer pertenecer y el desarraigo ocasional y la competitividad y el deseo de ser deseado y el amor de la familia".

—TOCHI ONYEBUCHI, AUTOR GALARDONADO
DE *BEASTS MADE OF NIGHT*

Spanish translation by Gloria Muñoz of *A Second Chance on Earth*, published in 2024.

Printed and bound in February 2026 at Sheridan, Chelsea, MI, USA.
www.holidayhouse.com
First Spanish Language Edition
10 9 8 7 6 5 4 3 2 1
ISBN: 978-0-8234-6244-5 (Spanish paperback)
ISBN: 978-0-8234-5711-3 (English hardcover)
ISBN: 978-0-8234-6260-5 (English paperback)

The Library of Congress has catalogued the English language edition as follows:

Names: Vidal, Juan, 1981- author.
Title: A second chance on earth / by Juan Vidal.
Description: First edition. | New York : Holiday House, 2024. | Audience: Ages 14 and up. | Audience: Grades 10-12. | Summary: "When sixteen-year-old Marcos travels to Cartagena, Colombia to scatter his late father's ashes, he strikes up a friendship with Camilo, a boy his age who works as a local taxi driver and shares Marcos' love for the novel One Hundred Years of Solitude"– Provided by publisher.
Identifiers: LCCN 2024000409 | ISBN 9780823457113 (hardcover)
Subjects: CYAC: Novels in verse. | Grief–Fiction. | Friendship–Fiction. Books and reading–Fiction. | Cartagena (Colombia)–Fiction. | LCGFT: Novels in verse.
Classification: LCC PZ7.5.V53 Se 2024 | DDC [Fic]–dc23
LC record available at https://lccn.loc.gov/2024000409

EU Authorized Representative: HackettFlynn Ltd, 36 Cloch Choirneal, Balrothery, Co. Dublin, K32 C942, Ireland. EU@walkerpublishinggroup.com

UNA GUERRA SILENCIOSA BRAMA DENTRO

Sin parar en la puerta de mi mente.
Un choque entre
lo que yo sé que es verdad

y algo como negación.
El tiempo resbala
y sigo guerreando.

Unos días me muevo por la vida entumecido,
convenciéndome de que Papi está a la vuelta de la esquina,
debajo de la cama o en el otro cuarto.

Otras veces, me levanto con pánico,
recordando la muerte
en la tumba de la noche.

Salto de la cama.
Y la ausencia de Papi me golpea.
Pronto será uno con la tierra.

EL DÍA QUE PASÓ

era como si las ruedas
se desprendieran. Mi mundo
roto y partido
por todos lados.

La más grande sombra proyectada.
Como si el sol se volviera negro
y la luna roja sangre.

Un huracán arrasando
todo lo que quiero. El universo mismo

repartiendo lo peor,
y con prisa.

Como si hubieras sacado
de una baraja maldita y ahora

  eres una casa en llamas.

GRITOTERAPIA

Ocasionalmente,
de vez en cuando,
si me da un impulso súbito,

lanzaré
un rugido cuando
hay una casa vacía.

Un solo grito que taladre
los oídos, o tal vez
dos o tres.

Del tipo como de
huesos fracturados o dedos
atrapados en la puerta del carro.

Está dirigido a nadie y
absolutamente a todo el mundo.
Lo hago porque me da la gana.

Por el subidón.
Urgente como el tono
del médico

cuando dice:
Lo siento, chico. Lo siento mucho.
El sonido de la pérdida.

Hay un león atrapado,
vivo y furioso,
dentro de mis pulmones.

TODO ME RECUERDA LO QUE PERDÍ

Padres e hijos
por todos lados; acá,
allá y por el camino.
Recordándome que
padre e hijo
es una cosa
que una vez conocí
como

fines de semana en el parque acuático

sonriendo sin razón

paseos a caballito

sesiones de combate en la sala

y

el cabello de Papi que olía
a pan y aceite de coco.

CUANDO TENÍA DOCE AÑOS

y tenía pesadillas,
Papi me contó de algo
llamado sueños lúcidos.
Lo llamaba *la magia de ser consciente*
de que estás soñando mientras duermes.

Mi cerebro viajaba a estos sitios oscuros
donde las personas que amaba enfermaban o morían,
haciendo difícil atrapar el sueño
porque tenía miedo.
Miedo todo el tiempo.

Papi tenía un libro sobre los sueños.
Era delgado, azul y desvencijado,
le había ayudado a ir de *aventuras*
cuando era más joven
para poder estar *emocional*
y mentalmente presente en sus sueños.

No quería todo ese
galimatías.
Simplemente deseaba
que pararan las pesadillas,
que cesaran y no volvieran nunca más.
Leímos sobre la técnica IMSL,
la Inducción Mnemotécnica al Sueño Lúcido.

Lo que haces es repetirte
la misma frase
mientras te acuestas.
Algo como:
Sé que todo esto es un sueño.
Una y otra vez
hasta que caes rendido.

Y funcionó.
Los hechizos
desaparecieron.

Me curé.
Sano, liberado.
A Papi lo aclamaron como genio.

Pero hasta él se sorprendió,
y todos nos reímos y carcajeamos
de cómo este hippi-dippi
abracadabra
funcionó como un maldito encanto.

Unos años después,
el peor horror se hizo realidad.
Más real que real.
Y todavía no
he despertado por completo.
Pocas probabilidades de que lo logre.
Pero no quiero pensar así.

MI PROFESORA DE ARTE, LA SEÑORA RIVAS

me contó que las cinco etapas del duelo son

negación, ira, negociación,

depresión y aceptación.

No puedo decir dónde caigo

en este espectro, pero ella

me pidió que dibujara cómo me siento,

si me sentía con ganas. Hice un garabato

de un pez varado en la orilla,

seco como un hueso.

ESTO O AQUELLO

Quizás el dolor es un pez fuera del agua.
Quizás el dolor es algo con alas.
Quizás el dolor son dudas que se acumulan.
Quizás el dolor es la prisión de tu mente.
Quizás el dolor es un pensamiento que no puedes expresar.
Quizás el dolor es una idea sin sentido.
Un poema con forma de escaleras cuando preferirías un ascensor.

MA DICE QUE FUE EL APETITO DE PAPI POR LA VIDA

Cómo memorizaba poemas,
y le encantaba comer bien,
y cantar mal,
y bailar merengue
que la conquistó.
Papi me contaba historias.
Historias largas y a veces bobas
sobre su llegada a la costa.

Sus días dedicados a nadar,
perseguir chicas
y encontrar

problemas de toda clase.

Papi sin camisa en nuestra cocina
preparando una tormenta.
Moviéndose lentamente al son de un bolero
o feroz y rápidamente siguiendo
los bongos y las guitarras de 12 cuerdas.

Mira esto, decía,
y se deslizaba por el suelo
como si fuera parte del circo.

De lado a lado,
girando como una tapa de botella.
Mi hermana menor Daniela se quedaba mirando,
con sus ojos cafés anchos de sorpresa.

Eres raro, decía,
sin usar palabras.
Él podía levantarse para revolver los frijoles
o dar la vuelta a las chuletas
en la estufa caliente,
pero nunca dejaba de bailar.

Siempre
bailando.

Una mano sobre su corazón,
como si estuviera recitando
el juramento.
Sus pies za-zapateando
en el suelo.

Papi continuando
como si no hubiera
mañana,
hasta que eventualmente *puf*
ya no había.
No para él.

HISTORIAS COMO RÍOS

Me dicen
que las viejas historias
viven dentro de mí.
Corren como ríos
por mis venas,
aunque no tenga
un padre cerca
que me cuente
otras nuevas.
Y así,
me aferro a
las que he reunido
en años,
las guardo
cerca del
pecho, como los pájaros viejos
guardan plata y oro.
Supongo que eso
me hace algo como
un acumulador.
Pero en lugar de
metales preciosos,

soy acumulador de
leyendas y anécdotas
que espero no perder nunca.

Si las pierdo,
  ¿entonces qué?

¿Qué le pasa a una historia
perdida, o mal puesta?
  ¿Desaparece,
como una media vieja?

¿Y qué le pasa
a la persona
de la que *trata* la historia?
¿Deja de existir
cuando dejamos
de contar sus historias?

DESPUÉS DE QUE PAPI MURIÓ, EMPECÉ

a escribir en secreto.
Nunca he compartido
esto con nadie.
Todo empezó con:

yo, curioso,
yo, desganado y deprimido,
escarbando por las repisas
de Papi una tarde
buscando un diccionario

para encontrar
la palabra *contusión*.

(Significa: una zona de tejido o piel lesionada en la que
se han roto los capilares sanguíneos; un moretón).

Solo quería aprender más
sobre la lesión cerebral de Papi,
pero luego
me fijé en otro libro.

Tenía una cubierta verde neón que me llamó la atención.
Lo recogí y leí las palabras:
CIEN AÑOS DE SOLEDAD.

También en la portada:

pájaros y una serpiente,
una hada y helechos.

Una mujer que parecía estar
brillando en un bosque denso.

El nombre Gabriel García Márquez.

Hojeé páginas,
y entre más leía,
más extrañas se ponían las cosas.

Muy pronto todo era
fantasmas y peces dorados,

maldiciones proféticas
y plagas de insomnio.

Me dio hormigueo en los brazos.
Las palabras se sentían
dulces en mis labios
mientras las leía
en voz alta en la quieta,
casi negra oscuridad de la pieza.

No era como la poesía
o las fábulas
que leíamos en la escuela.
Esto era más extraño,

hasta podrías decir más oscuro.
Yo no lo diría así,
pero tú podrías decirlo.

Comencé a devorarlo,
volando por 10 o 15
páginas cada noche después de cenar
o temprano en la mañana antes del pan tostado.

... el tiempo no pasaba ... daba vueltas en círculos ...

Así me sentía después de que Papi
nos fue arrebatado.
Al principio, como si los días
se me escaparan,
volando fugaces entre rayos de luz.

Pero después de algunas semanas,
el tiempo se volvió pesado,
oprimiéndome
como bluyines mojados
colgados en una cuerda de tender.

Así que garabateé
en un cuaderno.
Intentando darle sentido
a lo que sentía.
Pensé que tal vez, *tal vez*,
podría escribir bien a mi manera.

Tal vez podría escribir poemas,
o como quieras llamarlo,
sobre cómo se siente extrañar a tu héroe,
quien ahora es cenizas y ya
no puede contarte más historias.

PODRÍA ESCRIBIR SOBRE QUERER IRME

del único hogar que he conocido.

Para irme
a donde pudiera sentirlo

a él

en su propio país.
Lejos de Miami,
esa ciudad que amo.

Esa ciudad de miles de millones de nombres.
Esa locura.
Esa bulla.
Ese verano constante
que se te pega
como shorts de gimnasia
a la piel sudorosa.

UNA COSA SOBRE LA POESÍA

es que puedes escribir lo que quieras,

en el idioma que elijas,

con cualquier instrumento que tengas.

Lo único que importa,

el único requisito,

la única razón por la que vale la pena

involucrarse en la poesía en primer lugar,

es dejar la página en blanco mejor

de lo que estaba antes de encontrarla.

INTERROGACIÓN

¿Tengo suficiente lenguaje?

  ¿Puedo encontrar las palabras necesarias...

para

expresar

completamente

una

herida?

EL POEMA DE PAPI QUE ENCONTRÉ ESCRITO EN UNA SERVILLETA DE WAFFLE HOUSE DICE ASÍ...

Si hay algún villano
en esta vida, no son los

cobradores de deudas
asesinos en serie
matones
mentirosos compulsivos
abusadores de animales
dictadores
ladrones
caníbales
conductores borrachos

caminadores lentos
grandes habladores
falsos profetas
quejumbrosos,
los malvados
gobiernos
hambrientos de poder
con planes codiciosos
o incluso la gente
que aplaude cuando aterriza el avión...

no, el verdadero villano de la historia es la vida misma,
la belleza,
la crueldad,
la aleatoriedad...

pero sobre todo lo rápido que se acaba.

A PAPI LE ENCANTABAN

escritores & boxeadores & muerdeuñas & trasnochadas & las minihamburguesas en cuchitriles & Clint Eastwood en *Pale Rider* & marcadores fluorescentes & los tatuajes en motociclistas & supervivientes & madrugadores & atrapar arañas & reclinables & proveedores & buzos de aguas profundas & tigres & escaladores de montañas & sidra de manzana & películas con subtítulos & recordatorios diarios & autoestopistas & los Dolphins contra los 49ers & cómo Jesús llamó a los hipócritas de su época *raza de víboras*

& lo mejor de todo

a Papi le encantaba encontrar las palabras precisas.

¿ALGUNA VEZ HAS

hallado un libro o una historia que
te dejo KO, al estilo Iron Mike Tyson?

¿Un libro o una historia que te hizo
preguntarte si todos los demás libros

o historias que se han escrito o contado
eran siquiera *buenos*?

¿Un libro o una historia que te golpeó
de frente en la cara
y en el corazón como si fuera
un abracadabra lanzando un embrujo

desde un planeta desconocido?
Yo tampoco. O mejor dicho:
no hasta ahora.
No hasta
CIEN AÑOS DE SOLEDAD.

EN MIAMI

vivimos en
un apartamento

en el segundo piso
de un edificio

donde nunca hay silencio.
Un edificio donde los tambores sacuden las paredes parchadas

y la música de salsa llena el aire.
Tres y cuatro niños por habitación.

Donde los abuelos, tías y tíos viven apiñados
como si intentaran meter globos en el cajón de una cómoda.

Un edificio donde los sábados por la mañana el olor
de huevos fritos y salami invade todo.

Si estás allí por la tarde o por la noche,
es el aroma de un sancocho de siete carnes.

El crepitar y chisporrotear de pimientos salteados
dos puertas más allá.

Donde los niños corren como locos y los viejos
se sientan afuera en sillas de jardín bebiendo cerveza

y riendo
con todo su cuerpo.

Algunos cocinan o charlan en las escaleras.
Daniela y su grupo de casi primer año
hablan sin parar

de compañeros que les gustan o sobre
cómo la pequeña Raquel, de allá arriba

en la calle 3, quedó embarazada de un chico mayor.
Alguien grita que le han robado su Huffy.

¡¿Dónde está mi bicicleta?!
¡¿Quién cogió mi bicicleta?!

El abuelo de alguien adentro
mirando el partido del Heat.

¡Tira la pelota, imbécil!
Shoot the ball, you fool!

HE ESTADO TIRANDO AL ARO

prácticamente todos los días
del último mes.

Para ayudarme a sobrellevarlo, supongo.
Como cuando después de que un compañero

de escuela perdió a su mamá por cáncer
empezó a entrenar jiu-jitsu

para liberar su mente,
por decirlo así. Él me mostró cómo

hacer un mataleón
y algo llamado Kimura,

una llave doble que deja
a tu oponente retorciéndose e indefenso.

DESPUÉS DEL FUNERAL

Después de las lágrimas
y los discursos,
después de las oraciones
y las bendiciones celestiales
en la iglesia de la esquina,

caminé sin razón por la manzana
con el balón escondido en
el rincón de mi brazo.
Todavía vestido con mi traje.

Estuve un rato lanzando
aturdido
hasta que se me ocurrió jugar
a La vuelta al mundo.

Ya sabes cómo es el juego.
Si encestaba,
pasaba a la siguiente línea.

Si fallaba, volvía a empezar.
Se me metió en mi cabeza dura
intentar llegar al extremo opuesto
de la zona y volver
sin fallar ni una sola vez
o sin siquiera tocar el aro.
¿Tienes alguna idea
de lo difícil que es eso?

Son 9 canastas limpias en una dirección.
18 pura red,
si llevas la cuenta.
No me permití
ir a casa hasta que lo hice.

Tiro tras tiro,
agotado bajo el sol ardiente.

He estado perfeccionando mi lanzamiento
contra el dolor de esta nueva realidad.

Un dulce tiro en suspensión
y ningún papá a quién mostrárselo.

EL SANTO PATRONO DE LAS PROMESAS INCUMPLIDAS

Papi solía:

Prometerme
que nunca me quedaría sin padre

Prometerme
que nunca dejaría a Ma

Prometerme
que él me enseñaría a bailar

Prometerme
que yo aprendería a conducir con cambio manual

Prometerme
que nos llevaría de vuelta al Parque Nacional Joshua Tree

Prometerme
que podría hablar con él de cualquier cosa, en cualquier momento

Prometerme
que me enseñaría a manejar una moto

Prometerme
que yo lo haría él lo haría yo lo haría él lo haría.

ESTE VERANO IBA SER UN ROLLO

¿Por qué? Porque Devon y Héctor se marcharon.
Ambos se fueron, como fantasmas.

Cada uno se lo estaba pasando bien
a millas de casa. A millas del 305.

Devon estaba en Jamaica con sus primos,
Héctor en Orlando, infestado de caimanes,

para un campamento de fútbol,
unas semanas patas arriba.

La mayor parte del verano, según mis cálculos.
La matemática no es mi fuerte, pero eso lo sé.

Básicamente, estaré solo en Miami.
Solo con mis pensamientos.

Tengo algunos partidos de baloncesto programados,
pero no tengo mucha confianza con nadie del equipo.

Soy el único jugador sólido de los ocho,
y eso me molesta muchísimo.

Jay es alto y sabe atrapar rebotes,
pero eso es todo.

Isaiah tiene un tiro medio decente,
pero no sabe driblar ni para salvar su alma.

Así es la YMCA: una mezcla de chicos
que quieren estar ahí

y otros que preferirían
sentarse frente a una pantalla en pijama

apretando botones en un control.
Triste. Triste. Triplemente triste.

Si Devon y Héctor se hubieran quedado,
habríamos dominado la liga.

Habríamos avergonzado a todos esos mediocres,
muertos desde su llegada.

PERO LA BUENA NOTICIA ES QUE

Ma finalmente me consiguió un teléfono.
Había estado usando su celular viejo y

me alegra informar que
ahora me gradué al
mío propio, completo con
una línea real
y un número de teléfono.

Lo que pasó fue que
un martes cualquiera,
se le olvidó que me quedaba
hasta tarde en la Y para jugar baloncesto.

Cuando no supo nada
de mí por horas,
se puso completamente histérica,
buscando, asustada,
llamando a todos lados.
Vergonzoso como el demonio.

Llámalo paranoia.
Llámalo el amor
de una madre osa.

Al final, ella aceptó
que era hora.

Si hubiera sabido
que todo lo que tenía que hacer
para conseguir un nuevo
teléfono era desaparecer
como un tubo de Chapstick
por tres horas,

me habría perdido
hace siglos.

Mis panas Devon y Héctor
ambos consiguieron líneas
cuando tenían doce años.
Sus padres
son del tipo relajado
que dejan que sus hijos
se escapen
una semana antes
de que termine el año escolar
para las vacaciones de verano.

De todos modos, cada vez que quería
llamarles para hablar de la NBA
o
de los enamoramientos de la escuela,
tenía que usar el teléfono de Ma.
Bastante terrible para un chico de 16 años.

Lo primero que hice
con mis nuevos dígitos
fue marcarle a Héctor,
que no contestó.
Todo el mundo sabe que
no se contesta
a números desconocidos.

Le texteé: *Es Marcos.*
Me devolvió la llamada
y hablamos
por 37 minutos.

Le conté a Héctor
sobre los terribles
jugadores de la YMCA.
Que si los tres
estuviéramos en el equipo,
acabaríamos con esos perdedores
rapidísimo.

En serio, me lo
puedo imaginar.

Entre las piernas.
Detrás de la espalda.
Canastas tras canastas.

He sido mejor amigo
de Devon y Héctor
desde el 6.º grado.

Ya eran muy amigos
antes de que yo llegara
y formáramos un trío.
A veces somos los
Tres Reyes Magos
y otras veces
los Tres Ratones Ciegos.

LO QUE PASA CON DEVON

es que somos iguales pero diferentes.
Compartimos ondas cerebrales similares, pero físicamente somos opuestos.

Igual: ambos tenemos un lado solitario,
leemos libros incluso fuera de la escuela
Diferente: yo soy medio bajito, él es uno de los más altos de nuestro grado

Igual: podemos ser sarcásticos, a veces la gente piensa que somos raros
Diferente: mi piel es color pecana, la suya es un tono más oscura

Igual: ambos hemos perdido a un miembro de nuestra familia:
yo, un padre; él, una hermana gemela
Diferente: mis manos son de tamaño normal, él puede
agarrar una pelota de baloncesto reglamentaria con una mano

Igual: nos gusta el hiphop de la vieja escuela y las películas de artes
marciales de los 90
Diferente: tuve algo de acné el año pasado, su cara es suave como la seda

Igual: ambos somos soñadores, tenemos la costumbre de perdernos
en nuestros propios mundos
Diferente: yo prefiero Nike, él usa principalmente Adidas

Igual: en 8.º grado, ambos nos enamoramos
de chicas que no nos correspondían de esa manera
Diferente: yo soy piscis, él es capricornio

Igual: nos interesamos por los extraterrestres después de ver
un documental sobre el Área 51
Diferente: yo tengo cabello largo y salvaje, él mantiene un fade alto corto

HÉCTOR

es el ambicioso del grupo.
Es más hacedor que soñador.

Más planificador que procrastinador.
Más como necesito ser yo a veces.

No es ningún secreto que Héctor
tiene talento cuando se trata de deportes.
Es bueno en todo
desde el baloncesto hasta el fútbol americano,
del skateboarding al ping-pong.
Pero donde más brilla
(y lo que más ama) es en el fútbol.

Es como un joven Cristiano Ronaldo
por la forma en que mantiene a los defensas adivinando,
cuidando el balón como si fuera
la Biblia del rey Jacobo de su mamá.
Ahora lo puedo ver en el campamento,
comiéndose el desayuno, almuerzo y cena de todos.

Y de una vez, también el postre.

MÁS SOBRE DEVON

Es como el hermano
que quisiera tener,
el tipo de hermano que quisiera
que Papi y Ma me hubieran dado.

También es el tipo de hermano
que se va al Caribe
por demasiado tiempo
cuando más lo necesitas.

Pero se podría alegar
que no es su culpa,
eso se lo concedo.
Él no es el culpable
de unas vacaciones familiares planeadas.

Lo voy a culpar de todos modos.

NO PUEDO DECIRLO CON CERTEZA

pero creo que quizás
acabo de encontrar lo que solo
se puede describir como una frase perfecta.
Sé que suena muy nerdo,
pero así es.
Accidentalmente pasé
demasiadas páginas de la novela
y PUM, ahí estaba...

Extraviado en la soledad de su inmenso poder,
comenzó a perder el rumbo.

VI ESTA NOTICIA

unos días después de que murió Papi.

Niño de 9 años de Nueva Jersey se cuela en un avión, vuela a Puerto Rico

El titular parpadeó
en la televisión en mute.

Me senté en silencio luchando
por comprender cómo
pudo pasar eso.

Se me ocurrió que si Ma
no nos lleva a Daniela y a mí
a Colombia para sentirnos más cerca de Papi
porque está ocupada
trabajando en la peluquería
para ganarse el pan
y mantenernos vivos y alimentados, entonces
        tal vez yo podría
llegar allí por mi cuenta.

Parecía imposible,
pero sabía que no lo era.
La prueba de que se podía
estaba
ahí frente a mí.
La prueba de un crimen exitoso.

Niño de 9 años de Nueva Jersey se cuela en un avión, vuela a Puerto Rico

Pensé que, si *yo* lo hiciera,
el nuevo titular diría:

Niño de 16 años de Miami se cuela en un avión, vuela a Colombia
o
Adolescente de Miami sin boleto aborda vuelo a Cartagena para reunirse
        con su padre muerto

Solo tendría que
hacerlo durante la semana,
y esquivar tres
niveles de seguridad.
La TSA.
Los agentes de la puerta de embarque.
La tripulación del vuelo.

Ma ni siquiera se daría cuenta
de que había desaparecido
hasta que mis pies estuvieran
refrescantemente sumergidos en el océano
y fuera demasiado tarde
para detenerme.

Antes de que pudiera
llevarlo a cabo,
y créeme,
tenía toda la
intención de hacerlo,
Ma anunció que íbamos
a viajar a Cartagena.

Para devolver a Papi
a la ciudad que amaba
más que a cualquier otra.
La ciudad a la que solía llamar
"tierra sagrada" con
un brillo en los ojos.
Para derramarlo
como un sacrificio.

Será bueno, dijo ella.
Lo necesitamos.

Adiós a mi fantasía
de convertirme en un
fugitivo en toda regla.
Estoy seguro de que tendré
otra oportunidad o tres
para dedicarme a una vida
de crímenes arteros.
Manos en oración.

FÁCIL Y RELAJADO

Cuando Papi rememoraba
Cartagena,
la hacía sentir
como una mezcla de sol
y arcoíris
y lluvia tamborileando las ventanas
y golpeando los techos,
sacudiendo el mundo entero.

TODA MI VIDA

he escuchado sin escasez
pensamientos y opiniones
sobre la tierra de mis padres.

Desde las representaciones en
películas y programas de tele
hasta las babosadas
de conocidos
cuando se enteran
de que mi familia es de
donde mi familia es.

Todo es terriblemente ignorante.
Para algunos, Colombia
siempre será traficantes de drogas
y carteles peligrosos
que dictaron las reglas por tanto tiempo.

Masacres.
Secuestros.
Un hombre llamado
Pablo Escobar.

Para algunos, Colombia
siempre será:
los años 80,
sangre,
armas,
políticos corruptos,
policías deshonestos,
cowboys de la cocaína.

Siempre será sobre
un sufrimiento tan horrible
que pensabas que el mundo
iba a acabar.

Pero siempre supe
que había algo más.
Lo sabía por Papi
y sus historias.
Lo sabía porque ningún lugar
permanece igual para siempre.
Al igual que ninguna persona
permanece igual para siempre.

PASÉ LAS NOCHES SIGUIENTES

acostado en la cama, fantaseando
sobre Colombia.

Cómo sería,
cómo olería, cómo sabría.
¿Me enamoraría perdidamente
y nunca querría volver?

Creé una especie de Narnia tropical
en mi cabeza.
Un mundo de ensueño con
montañas majestuosas,
aguas cristalinas
y una batalla constante
entre el bien y el mal.

Un mundo que me conectaba
con todos y todo
lo que hizo a Papi quien era

y a mí quien soy
pero que todavía no termino de descubrir.

CUANDO LLEGÓ EL DÍA

estaba dividido, partido en dos.

Una parte de mí estaba

ansiosa por la aventura

que nos esperaba, la otra parte,

amargada y triste porque Papi no podía

disfrutarla con nosotros. Ma llevaba

lo que quedaba de él en una urna de bronce

con hojas grabadas.

Hojas de permiso de ausencia, pensé.

ME GUSTARÍA PODER CONTARTE

una historia épica.
Quisiera poder entrar
en detalles sobre cómo
mi llegada a Cartagena
es material para películas de espías.

Una operación elaborada
en la que tuve que usar
mis poderes magníficos
para volverme invisible
o
echar mano de algún conjunto especial de habilidades
para escurrirme por las grietas.

Quisiera poder contarte
alguna no ficción emocionante
sobre cómo me colé en un
Boeing 439 sin boleto. Cómo
eludí cada obstáculo,
y sobre cómo
mi corazón latía
en mi pecho como los artistas
callejeros de casa
que golpean ollas y sartenes
por dólares y
  cambio.

Pero no puedo. Todavía no.
La historia (ojalá) épica empieza después de que aterrizamos.

HOY, ESTOY RODEADO

por las arenas blancas,
las aguas azul verde
y las casas de colores vivos
de Cartagena, Colombia.

Vinimos a
esparcir cenizas.
A dejar ir, como dicen.
Para cerrar la página de
Papi, que murió aplastado
en un accidente de moto

  hace casi un mes.

Ma me dice que hemos estado aquí
de vacaciones dos veces,
o tal vez tres.
Pero yo era un crío
y no lo recuerdo para nada.

Cartagena,
de donde son mis padres.
Donde se conocieron
y tropezaron
con el amor.

ESTAMOS ESTAMOS ESTAMOS

tan felices
cuando nos bajamos
del avión.

Hasta más aliviados
de sentir el
aire de Cartagena
en nuestros pulmones.

Desconectado y ajeno
al tráfico del aeropuerto, casi
me atropella un taxi, se me cayó el libro
y me caí de cara en el pavimento.

Aaaaaaaah,
CIEN AÑOS DE SOLEDAD,
dice el taxista

mientras sale
del taxi para saludarnos
y ayudar a levantarme.

Gracias, digo,
con mi libro en el concreto
pero todavía intacto.

El muchacho, que no puede ser mucho
mayor que yo, se presenta
como Camilo. Es alto
y delgado y lleva bluyines

y una camiseta del Dream Team,
con el número 15. Es Magic
Johnson, por si no lo sabes.

Camilo había estado dando vueltas
por la terminal buscando
pasajeros que necesitaran transporte
a su destino.

Gabriel García Márquez
nació el domingo
6 de marzo de 1927

en el tranquilo pueblo de Aracataca.

Un pueblo de chozas de madera,
aire polvoriento y caminos sin pavimentar.

Llegó al mundo
como cualquier otro.

Aferrándose a la vida,
suave como pan de yuca,
lleno de potencial.

Noto una pequeña abolladura
en el bómper del taxi de Camilo
y un gastado ejemplar de
CIEN AÑOS DE SOLEDAD
con una portada diferente
en el tablero.
No pienso mucho en ello,
supongo que todos aquí
tienen uno.
Tiene sentido.

MA LE DA A CAMILO LA DIRECCIÓN

de la casa de la hermana de Papi,
donde nos quedaremos,
y nos lanzamos
con fuerza.

La ciudad rebosa
con energía y
muchísimo que ver:
catedrales famosas,
murales de grafitis
y calles de arcoíris.

Cuando llegamos
a la casa, Camilo me entrega
un viejo recibo con su número
escrito en él. Se ofrece a llevarme
a recorrer la zona y a hablar más
sobre el autor García Márquez.
¿Te lo imaginas?

ENTONCES ACÁ ESTAMOS

y aquí estoy.
En una tierra
que no conozco
pero que se ve
y se siente
familiar.

Mi tía Norma vive en
una casa rosada con ventanas azules
a tiro de piedra de la playa.

Estamos aquí para estar juntos.
Para recordar al mejor hombre
que hemos conocido

y que probablemente jamás conoceremos.
La mayor parte de mí no puede evitar desear
haber venido solo.

Diez dedos de los pies en la arena,
en lugar
de cuarenta.

CUARENTA DEDOS DE LOS PIES

representan mucho
bagaje metafórico
para arrastrar.

Si hubiera venido solo,
vagaría por
centros comerciales
y plazas abarrotadas.
Parando solo por chucherías
baratas y desconocidas para mí
y bebidas azucaradas.
Demasiado tímido o terco,
como Papi, para pedir
direcciones
mientras mi mente
repasa
cada recuerdo
como una lista de música en repetición.

ME ESTIRO EN EL PISO

pensando en el joven
taxista y su oferta,
mientras las mujeres
intercambian historias de gente
que solían conocer.

Algo sobre Camilo,
su forma de hablar o la vibra
que emitía me recuerda
a alguien que yo solía
conocer, también.

Ojalá pueda aceptar
su invitación,

muy pronto en vez de más tarde.
Cruzo los dedos para que
Ma no proteste
o arme un pleito.

PEQUEÑA HERMANA MIRA

televisión, presionando, clicando
hasta que aterriza
en las noticias de la noche.
No tardamos mucho
en darnos cuenta
que poco dejan
a la imaginación...
al menos comparado con
lo que estamos acostumbrados.

En cuestión de minutos
vemos un cadáver ensangrentado
junto a un basurero
y un segmento gráfico
sobre un incendio de una casa. Lo que realmente
nos impacta es el clip de dos hombres

que han sido corneados bien feo
en un festival de corridas de toros
cerca de la costa.
El cuerno del toro atravesó
el corazón de un hombre
como cuchillo en mantequilla.
El segundo, que trató de ayudar,

murió en el hospital
después de desangrarse
por sus heridas.

Daniela no puede soportar lo que ve.
Yo no puedo apartar la mirada.
La imagen del cuerno de un toro
perforando un órgano humano
en televisión básica
nunca se me quitará de la cabeza.
Rompe el corazón, bromeo,
pero nadie se ríe.
Rompe... el corazón,
repito, ofreciéndoles
otra oportunidad
para apreciar mi comedia.

A VECES

el humor
negro
no
es
la
forma

repito

a veces
el humor

negro
no
es
la
forma.

EN LA RADIO

suena política mientras ruedo
de la cama en la mañana.
Son las 7:30 a.m. Muy temprano para política.
Tía, con leggings y una camiseta sin mangas
de WrestleMania VII, riega y les canta a sus plantas.
Crisantemos y dalias, dice.
Su voz es ligera y burbujeante,
como si su canción pudiera ayudar a mantenerlas
saludables. Y tal vez pueda.

Tía, le pregunto, *¿por qué nunca te casaste?*
Ma me mira como diciendo: *Niño, ¿qué te pasa?*

Tía comienza: *Estuve a punto de hacerlo unas cuantas veces, pero simplemente nunca funcionó. La gente cambia.*
Pero tus padres tuvieron suerte,
encontraron a su pareja perfecta.
Además, tengo mis plantas para hacerme compañía.

El programa de radio pasa a un comercial.
El anuncio de una próxima gira musical
del cantante colombiano Juanes,

a quien mi tía llama con confianza y entusiasmo
El Hombre Más Guapo del Mundo.

¡Qué chimba!, dice.

Luego mi tía se acerca para murmurar,
tapándose la boca
para que las plantas no puedan oír:

Quizás me case con Juanes.
Estos bebés se merecen un papá
que realmente les cante serenatas.
¿Qué opinas?

Bueno, digo, *si de alguna manera terminas*
casándote con Juanes, sé
exactamente qué ponerme para la ocasión.
Traje de funeral, el mismo que el de bodas.

ALGUIEN DEBERÍA SER BESADO

en los labios
por inventar
las arepas con queso.
Para el desayuno,
mi tía hace las mejores
que he probado jamás.
Las sirve
con queso fresco
y el más cremoso

chocolate caliente
del mundo.
Estoy comiendo y
viendo *Conan*
the Barbarian cuando
sale Daniela,
despertada por
el sonido de
caballos, brutales
hachazos y
palizas al estilo
gladiador.

¿Qué es esto? ¿Es ese
tipo Arnold?

Schwarzenegger, sí.
Está tronado, ¿verdad?
Mira sus brazos.

Marcos, eres raro.
¿No fue suficiente ver
toros cometiendo asesinatos
en las noticias
antes de acostarte,
tienes que ver
gente cortándose
en dos mientras
comes queso?

EL HOMBRE DE LA CASA

es como me dicen ahora.
Tías, primos lejanos y vecinos metiches

que viven para recordarme
mi nuevo papel como el

único muchacho de una tribu
de mujeres y niñas.

Es peso extra para cargar,
y mis hombros no se sienten preparados.

Protejo a mi hermana Daniela
porque es mi deber.

Y no tengo más opción que asumir
el papel, lo quiera o no.

Ella empieza el bachillerato en el otoño
y yo voy para el 11.º grado,

lo que significa que volvemos a estar en el
mismo colegio juntos.

Lo que significa que tengo
que estar preparado

para enfrentarme, listo para pelear
en un abrir y cerrar de ojos.

Digamos que sé lo que me espera.
Conozco mi territorio

y a los payasos charlatanes
que también lo reclaman como suyo.

Brutos por completo a los que les encanta
hacerse los duros y coquetearles

a las chicas bonitas, especialmente a las de primer año,
que todavía no han conocido.

Pero Daniela es fuerte.
No se deja ni se dobla

por mucho que se lo pidan.
Papi la crio para que nunca

dejara que nadie ocupara el espacio
que es solo de ella.

A Ma, quiero protegerla
de la tristeza

que lleva en el alma,
pero no puedo.

Ella está ocupada tratando
de protegerme de la mía.

Y cuando no está haciendo eso,
anda revoloteando por todos lados.

Reorganizando cuartos en la casa,
haciendo vueltas

al Goodwill, tachando listas de pendientes.
Poniendo su energía en cosas que puede controlar.

Pero sé que todo es una fachada. Un montón
de actividades para intentar enterrar el dolor.

CUANDO ME PREGUNTAN SOBRE MIS NOTAS DE LA ESCUELA

yo desvío.
Cambio de tema.
Golpeo la mesa.
Bum clas... Bum bum clas.

Ma me da una palmada en la mano.

Dile a tu tía lo que me dijiste...

Yo: *¿Eh?*

Ma: *Sí.*

Yo: *¿Qué?*

Ma: *¿Qué significa una F en un examen de matemáticas?*

Yo: *Ma...*

Ma: *Dile.*

Tía: *Dime.*

Yo: *F significa fantástico. Todos saben eso.*

DANDO PISTAS

suelto algunas perezosas, nebulosas
y no tan sutiles indirectas
sobre pasear
por Cartagena con Camilo.
Tonterías aleatorias como:

¿Has visto la película Taxi Driver *protagonizada por Robert De Niro?*

Oye, ¿qué le dijo el barbero al taxista?

Personalmente, me encantan los carros amarillos.

Ma dice: *Lo pensaré, Marcos.*
  Déjame. Pensar.

SOBRE MADRES Y HERMANAS

Incluso la madre de Dios podía ser
sobreprotectora, como una leona
que protege a sus cachorros.

Las hermanas pueden ponerte los nervios de punta
irrumpiendo en tu cuarto
sin avisar.

Pero son todo lo que tienes
y tú eres todo que tienen,
aparte de esos dos peces dorados
que estás casi seguro de haber olvidado alimentar.

5 RAZONES POR LAS QUE ME ENCANTA TENER UNA HERMANA SEGUIDAS DE 5 RAZONES POR LAS QUE NO

Me encanta:

1. Te entienden más que los demás.
2. Nunca te dejan solo.
3. Te dan a alguien a quien proteger.
4. Te enseñan cómo piensan las chicas.
5. Te dicen cuando te equivocas.

No me encanta:

1. Te entienden más que los demás.
2. Nunca te dejan solo.
3. Te dan a alguien a quien proteger.
4. Te enseñan cómo piensan las chicas.
5. Te dicen cuando te equivocas.

DE VUELTA Y VUELTA

Camilo y yo hemos estado intercambiando
mensajes de texto,
tratando de descubrir
la mejor manera de convencer
a la que me parió de que se puede confiar en él.
Que no voy a acabar en una cuneta en algún lado.

Camilo, ¿acabaré
en una cuneta en algún lado?

Su falta de respuesta es preocupante
al principio. Resulta que es una expresión
estadounidense confusa que
requiere cierta explicación.

Oh, ja, ja, ja. No, Marcos, no acabarás
en una cuneta en algún lado.

¿Gané? Gané.

CIERTOS NOMBRES

se caen de la lengua,
suaves y musicales.

Ciertos nombres claramente cantan,
como si la persona que los lleva

estuviera destinada a
que la conozca el mundo.

Ciertos nombres como
Chaka Khan
Jean-Claude Van Damme
Johnny Cash
Ariana Grande
Gabriel García Márquez

Ciertos nombres se te quedan grabados,
como amigos leales

o mantequilla de maní crujiente
pegada al paladar.

COMO LO QUISO EL DESTINO

Ma accedió a liberarme.
O, mejor dicho, Camilo me ayudó a liberarme
de sus cadenas,
como en la película
Sueño de fuga.
Me dijo: *Ponme a tu mamá al teléfono.*
Camilo entonces procedió
a activar su encanto,
asegurándole a Ma que estaría a salvo
paseando con él
y aprendiendo cosas nuevas.
Piénsalo como una excursión, Ma,
le dije. *Una excursión educativa.*
Ayudó que Ma y Camilo
encontraron terreno común,
ya que Ma fue
a su secundaria y, cuando él apareció,
la camiseta que llevaba era de la biblioteca
donde Papi fue voluntario de niño.

Así que ella cedió, siempre y cuando
prometiera reportarme
cada 30 minutos.

Marcos, tengo que oír tu voz
dos veces por hora.

Trato hecho.

Estoy en el asiento de adelante
y Camilo me cuenta historias
que me recuerdan a las de Papi.
No por el tema,
sino por cómo las cuenta.
Camilo habla con sus manos
y tiene una risa contagiosa.

Entre yo leyendo
y él recogiendo y
dejando clientes,
Camilo habla sobre Gabo,
que es como llamaban
a Gabriel García Márquez.

CAMILO LO EXPLICA

García Márquez, hijo de Gabriel
Eligio García y Luisa Santiaga
Márquez Iguarán, dijo una vez lo siguiente:

Todos mis libros tienen hilos sueltos
de Cartagena en ellos.
Y, con el tiempo, cuando tengo que
evocar recuerdos,
siempre traigo de vuelta

un incidente en Cartagena,
un lugar en Cartagena,
un personaje en Cartagena.

Camilo dice:
García Márquez
llegó por primera vez a Cartagena
viniendo de Bogotá
en 1948,
como un joven y
hambriento escritor con los bolsillos vacíos
y con la cabeza llena de sueños.
Se empapó de las historias
y las experiencias locales, que más tarde transformó
en literatura que
cruzaría fronteras
y lo convertiría en una estrella.

Cuando Camilo habla de
García Márquez
y de su Cartagena compartida,
su rostro se ilumina como fuegos artificiales.
Sus ojos brillan como la punta
del cigarrillo que
cuelga de sus labios.

Están muy conectados,
este escritor y esta ciudad.
Juntos como uno solo.
Como si uno no pudiera existir
sin el otro.
García Márquez es Cartagena
y Cartagena es García Márquez.

CAMILO SE CRIO MUY LEJOS

de las calles empedradas
y la magia del centro histórico.
Lejos de donde las aves con picos coloridos
se posan en mesas para saludar a turistas felices
disfrutando su desayuno.

Los arrabales de la infancia de Camilo,
dice, estaban llenos de crimen tan despiadado
que no se los desearías ni a tu peor enemigo.
Donde niños con costillas expuestas
incendiaban las calles
y la desesperación corría
tan profunda como el mar.

A veces ni siquiera había
agua corriente, me cuenta Camilo,
y en algunas ocasiones
vio cómo las aguas negras se regaban
en los parqueaderos y las aceras.

Como en
CIEN AÑOS DE SOLEDAD,
la sangre y la muerte fluyen por las terrazas
y abrazan las paredes
y recorren los porches
y entran en las salas
para encontrar a quienes buscan.
Por supuesto, las descripciones de Camilo
me dan más ganas de seguir leyendo.

Me pregunto por qué y cómo él
parece llevar casi
cada conversación que tenemos
de vuelta a su novela favorita
(que según Ma también era
la novela favorita de Papi)
incluso cuando habla de sí mismo.
Ellos parecen conectados, también.

Camilo es

CIEN AÑOS DE SOLEDAD.

CIEN AÑOS DE SOLEDAD

es Camilo.

ADEMÁS DE TODO ESTO, ME PREGUNTO

cuántas veces Camilo
debió haber leído esa cosa.
No es un libro pequeño
ni una lectura corta.
El ejemplar que tengo
en mis manos
tiene 417 páginas.
Se siente tan pesado
como una maldita Biblia.

MIRO POR LA VENTANA

mientras vamos en el carro,
miro la gente,
los restaurantes
que estoy seguro a Papi le hubieran encantado
y la música que sé
que lo hubiera hecho parar a bailar.

Camilo me mira,
ve algo en mi cara,
o quizás ve otra cosa,
y da una rápida vuelta en U,
empujándome hacia delante en mi asiento.

Manejamos
sin hablar
durante un rato,
aunque ahora
me siento aún más
nervioso.

Noto que Camilo se pone tenso
cada vez que un carro de policía
nos pasa.
Puede ser solo cosa mía,
pero lo dudo. Conozco
esa mirada.

PAPI ERA IGUAL

sin importar si había hecho
algo malo o no.
Tan solo ver el azul y el rojo
era suficiente para incomodarlo.
Nunca le pregunté por qué.

¿CUÁL ES TU SUEÑO?,

me preguntó Papi una vez.
Estábamos tomando
slurpees en la acera frente al 7-Eleven.
¿Cómo, además de esto?

¡BIP!

De la nada, Camilo
ve algo por el rabillo
del ojo y pisa el pedal a fondo,
derrapando por un semáforo como un loco.

Casi rozamos
la parte trasera de un autobús
y estuvimos a unos pies de
estrellarnos contra un árbol.
Junto a él hay un vendedor de arepas,
que, a la velocidad a la que íbamos,

seguro habría sido aplastado
como un bicho. O tal vez habríamos salido disparados
por la autopista, dejando a mi hermana sin hermano

y a mi madre sin hijo.

¿Qué
de-
mo-
nios?

Hay un concierto de gritos
y pitidos.
Puedo sentir mi pulso
correr bajo mi piel.

Salimos de la carretera principal
y tomamos un callejón.
Todo el asunto dura unos 15 segundos,
pero se siente como toda una vida y media.
Cuando pregunto: *¿Qué demonios?*,
Camilo dice que *pensó que vio algo*,
que puede ser la peor explicación
en la historia de las malas explicaciones.

¿Qué estoy haciendo aquí
y sobreviviré a esto?

No, ya en serio.

DESPUÉS DE RODAR

durante mil años
llegamos al
Castillo de San Felipe de Barajas,
que Papi me había mencionado antes.
Es una fortaleza construida
en el siglo XVI, asentada en una colina
mirando desde arriba a Cartagena.

Cartagena, la ciudad amurallada
con una historia enredada
de invasiones repelidas
y guerras contra piratas.
Todos atraídos aquí, según me han dicho,
en busca de riquezas.

Camilo y yo observamos a la gente
un rato antes de subir a
la cima de la fortaleza,
mi nuevo amigo agarrando su libro
como un arma. Esta llenísimo hoy
y los visitantes corren por aquí y por allá
tomando fotos
y sonriendo de oreja a oreja.
No estoy seguro de por qué me trajo aquí Camilo,
pero estoy agradecido de que lo haya hecho.
Miramos las extensiones de tierra y agua
sin decir nada, hasta que...

LEER CIEN AÑOS DE SOLEDAD ES COMO

sentarse en el punto más alto
de la montaña más alta
y mirar hacia abajo, a la gente,
dice Camilo.
Los observas y estudias mientras viven sus vidas.
Mientras sangran por sus heridas,
escriben poesía,
sueñan,
se enamoran,
luchan en guerras,
dan a luz a hijos e hijas,
mienten y engañan,
son devorados por las hormigas,
aceptan su destino.

Después de que has llegado a
amarlos
u odiarlos,
mueren o desaparecen
entre el viento.
Una y otra y otra vez.

Camilo saca un porro
de su bolsillo,
lo enciende,
y empieza otra vez.

Leer CIEN AÑOS DE SOLEDAD es como
sentarse en el punto más alto
de la montaña más alta
y mirar hacia abajo, a la gente.
Tomas un hongo psicodélico y
observas cómo
disparan a sus líderes,
organizan revueltas,
tienen nuevos amantes,
leen manuscritos antiguos,
explotan trabajadores,
se aíslan del mundo exterior,
desean días mejores,
aceptan su destino.

Después de que has llegado a
amarlos
u odiarlos,
los masacran y los arrojan al mar
o desaparecen
entre el viento.

Es la historia detrás de cada historia.

Es la historia que absorbo, termino y absorbo otra vez.
Una y otra vez, como una puerta giratoria.

Como una canción de amor.

PAPI ESCUCHABA CANCIONES DE AMOR COMO UN FANÁTICO

Del tipo que expresa emociones crudas con palabras.

Del tipo sobre el anhelo, el desamor y la alegría.

Del tipo que te hace dar un paso doble apenas empiezan a sonar.

Del tipo que se siente como una droga.

Del tipo que lo hacía estirarse hacia Ma, besarla en la boca
y atraerla hacia él antes de decirnos a mi hermana y a mí que nos
fuéramos, por favor.

NUESTROS PADRES HICIERON

todo lo posible por sacar tiempo para salir de cita
y cosas así, pero en general no tenían mucho tiempo a solas,
excepto cuando algún amigo se ofrecía
a cuidarnos de vez en cuando. A diferencia
de la mayoría de mis amigos, nunca tuvimos abuelos
a la espera de cuidarnos.

No fue sino hasta los años más recientes,
cuando confiaron en que sus hijos
no se mataran entre ellos
ni incendiaran el edificio,
que se atrevieron a dejarnos solos en casa.

LAS ABUELAS EN COLOMBIA

son alabadas
como minidiosas.

Son elevadas
y consideradas en
alto honor
debido al hecho
de que han vivido
y vivido
y vivido.

Siguen pa'lante
y siguen
y siguen.

Como el conejito de
Energizer de esos
comerciales.

Pueden ser supersticiosas también.

Camilo dice que fue criado
por sus abuelos.

En sus últimos años,
su abuela predicaba
hasta el cansancio sobre
espíritus y presagios,
señales y prodigios.

Hablaba de señales
y de cosas por venir.
Pero siempre con seriedad.
Siempre con cara inquebrantable.

CIEN AÑOS DE SOLEDAD
es sobre una mujer así.
El título del libro, dice Camilo,
se refiere a la vida solitaria de Úrsula,
quien vive hasta tener más de cien años.

Ella ve, ella siente, ella sufre.

Imagina el dolor y la tristeza
de sobrevivir a todos
los que amas y te importan.

Fue escrito,

me doy cuenta ahora,
al estilo de
las abuelas colombianas.

En cómo cuentan sus historias.
Con fuego.
Con corazón.

De una manera que
suena sobrenatural
y al límite de lo increíble.
De una manera que
te sorprende.

De una manera que,
porque sabes
que la persona
que cuenta la historia
cree en ella
más que en nada,
no tienes otra opción
más que creerla también.

Conozco historias así.

No se me escapa que Camilo habla de
CIEN AÑOS DE SOLEDAD
como Papi hablaba de Cartagena.

Como un ministro
habla del libro sagrado.
Con fe.

Camilo dice que ha vendido más
que cualquier cosa publicada
en español, excepto
la Biblia.

No es tan diferente
de la Biblia, ¿sabes?
Las diferentes voces,
los cambios de época.

Puedo ver lo que quiere decir.
Me pregunto por qué ninguno
de mis profesores

nos hizo leerlo
en la secundaria o incluso
hasta ahora en la preparatoria,
como hacen aquí.

No puedo decirlo con certeza,
pero tengo algunas suposiciones.

10 SUPOSICIONES DE POR QUÉ NINGUNO DE MIS PROFESORES HA ASIGNADO CIEN AÑOS DE SOLEDAD A SUS ESTUDIANTES

1. Ellos creen que no lo entenderemos.
2. Ellos no lo entienden.
3. Ellos asumen que no viviremos hasta los 100 años y no quieren que nos hagamos ilusiones.
4. Ellos piensan que son demasiadas páginas para nosotros, pero que quizás en la universidad estaremos listos.
5. Ellos piensan que LAS AVENTURAS DE HUCKLEBERRY FINN es más de nuestra onda.
6. Ellos asignan lo que sus jefes les dicen que asignen.
7. Ellos no nos conocen para nada.
8. Ellos
9. Ellos
10. Ellos

ESTAR TAN ALTO

con Camilo me recuerda
al verano

cuando fuimos a California.
Papi y su amigo nos llevaron al
Parque Nacional Joshua Tree
para explorar y ver un lado
de la madre naturaleza
que no se puede
vivir en Miami.

Rocas enormes.
Árboles del desierto
con forma de resortera.
Daniela se torció el tobillo
subiendo por una roca escarpada
y Papi tuvo que cargarla
toda la bajada de la montaña.
Él siempre nos estaba cargando.

Él siempre   nos cargaba.

GRATEFUL DEAD

Camilo me ofrece su porro,
pero no lo acepto.
Gracias, pero no, gracias, parcero,
le digo. Espero que no
le ofenda. Eso es lo
último que quiero hacer.

No parece molestarle.
La cosa es que probé hierba una vez
en 7.º grado y todo el asunto

fue muy desagradable,
muchas gracias por preguntar.

Estaba en casa de un chico llamado Miguel,
a dos edificios de distancia,
cuando sacó el bong de su padrastro.
Un artilugio de vidrio que
parecía algo utilizado para realizar
importantes experimentos científicos,
con una calcomanía que decía
Grateful Dead.
Le di como Luis me enseñó
y casi tosí un pulmón.
Luis se partió de risa, obviamente.
Yo me partí de risa con él.
Qué amateur, dijo.
Después de tres caladas y de
escuchar siete veces "I Wanna Get High"
de Cypress Hill, la paranoia
empezó a apoderarse de mí.
Todo daba vueltas.
Me aterrorizaba la idea
de que mis padres se enteraran.
Quizás petrificado es una palabra más adecuada.
Suena más real.
Así que sí, petrificado.
O petri-frito.
El viaje en bicicleta a casa:
lo que normalmente
es un viaje de 20 segundos
pareció durar
40 días y 40 noches.

Seguí montando en círculos, desorientado,
incapaz de encontrar mi puerta,
que, de nuevo, está a dos edificios.
Dos.
Edificios.
Más allá.
Esa maldita canción se quedó
en mi cabeza y seguía repitiendo
el coro
mientras trataba
de encontrar dónde vivía.
Al final llegué,
gracias a Dios,
y me fui directamente a mi cama
y me estrellé
          pero fue otro tipo de estrellada.

Quito el palillo de cáncer que cuelga sobre la oreja de Camilo
y le digo: *Esto sí que lo voy a fumar.*
Le doy una calada e inmediatamente se me ocurre
que he elegido la peor opción.

EN EL CAMINO DE VUELTA A LA CASA DE MI TÍA,

la gratitud me ahoga
como el agua que cae en cascada
por una montaña.
Una sensación de gratitud por estar
en la patria.
Hasta ahora, ha sido todo
lo que no sabía que necesitaba.

No pedía mucho.
Solo quería sentir *algo*.
Aventurarme por las calles. Probar el aire.
Sé que no durará para siempre.
Hasta que este sueño termine,
seguiré:

escuchando a Camilo contar historias

viéndolo gritarles a los conductores imprudentes

leyendo este libro que me alegro de haber encontrado

escribiendo

inhalando humo de segunda mano

comiendo mi peso en empanadas

intentando no pensar en el nuevo curso escolar

fracasando en no pensar en el nuevo curso escolar

preguntándome por qué Camilo se pone tan tenso
cada vez que pasa un policía
sin prestarnos atención.

¿Está tratando de protegerme? Si es así, ¿de quién?

¿De qué?

Él (probablemente) cree que no me doy cuenta, pero sí lo hago.

Y aún no he decidido si me importa lo suficiente como para preguntarle.
Quizás en otro momento. Quizás nunca.

CUANDO ENTRO, HAY UNA VISITA EN PLENO APOGEO

Saluda a tus primos, dice Ma.
Abrazos, saludos y disculpas.
Gerardo, que mide al menos 6'2 y está hecho
como una cagadera hecha de ladrillos, saca $20
de su billetera con cadena y me los da.

Oye, eso es de parte de los dos,
dice su hermano Chaco desde
el otro lado del cuarto.
Esta gente no es tan mala.
Pero son abrumadores.

Como una hora más tarde, me escabullo afuera con mi libro,
con el olor a cigarrillo todavía en mis dedos.
No tengo intención de leer, pero el libro se ha convertido
en algo así como una cobija de seguridad.

Pensando:

En solo unos pocos días, he
visto o conocido u oído o probado:
aves exóticas (hay más de 200 aves nativas aquí)
frutas deliciosas (un hombre nos vendió la mejor papaya del mundo)
flores raras (nunca me habían interesado las orquídeas hasta ahora)
extraños amables (ya he visto unas mil sonrisas)

sonidos hermosos (una anciana tocando el acordeón en la calle)
enamorados en la playa (¿puede alguien verse más enamorado que
la gente besándose en la arena?).

ES UN NUEVO DÍA

De pasarlo bien con Camilo
De zafarme de Ma, Daniela y mi tía
De aprender más sobre Gabo

De explorar la ciudad en taxi
De pandebonos y buñuelos en las aceras colombianas
De enamorarme aún más del traqueteo de los coches tirados por caballos

De leer y escribir
De soñar en otro idioma
Del resto de mi vida

EN CASA DE CAMILO,

donde vive con su abuelo,
que tiene Alzheimer y que la
mayoría de los días no recuerda su nombre,
hay cuadros.

Cuadros por todas partes.

En las paredes, en el suelo
y apoyados contra los libreros.

Los cuadros los hizo Camilo mismo.
Algunos tienen extraños mapas y símbolos
que parecen fórmulas matemáticas.

Un cuadro, me dice,
es de su hermano muerto.
Lo estaba terminando más o menos cuando
su hermano falleció,
hace tres años.
No le pregunto cómo murió.
Camilo dice que no ha perdonado
a Dios por llevárselo, todavía no.

Es un retrato raro, al menos para mí.
Quizás inquietante sea una palabra mejor.
Una cabeza y un rostro con tres pequeñas patas
que salen de cada lado como un escarabajo, un beetle.
Cremalleras cubriendo los ojos.
Pelo revuelto y patillas tupidas,
como el gemelo perdido de John Lennon.

Ah, ya lo entiendo. Un Beatle.

CAMILO ME PREGUNTA SI QUIERO JUGAR AL BALONCESTO

y la pregunta es
música para mis oídos.
¿El papa caga en el bosque?, digo,
pero no se entiende.
Dejamos a unos cuantos pasajeros más
y nos vamos a un parque cercano.

Cuando llegamos en el taxi de Camilo,
hay un grupo de muchachos dando patadas
con un balón de fútbol.
Camilo suspira, abre el maletero
y saca su balón de baloncesto.
Mis ojos se llenan de felicidad,
y creo que los de ellos también.

Después de presentarnos y darnos la mano,
tiramos unas canastas, calentamos y estiramos.
Un muchacho de mi edad nos pregunta si queremos
retarlo a él y a su amigo
a un partido de dos contra dos.
¿El papa…?
Me detengo a la mitad de la frase.

SI TUVIERA QUE ELEGIR UNA PALABRA

para describir perfecto lo que les hacemos a estos muchachos,
sería: aniquilación.
Destrucción completa y absoluta.
Como en *Disculpe, agente, me*
gustaría reportar un asesinato.
Camilo y yo parecemos
Jordan y Pippen.
LeBron y Wade.
Shaq y Kobe.

Créeme, estudio el juego
y conozco a todos los grandes
por dentro y por fuera.

No regalamos ni un punto.
Ellos no anotan ni una vez.
Casi me siento mal.
Los cruces de Camilo son letales,
su tiro en suspensión es dinero en el banco.
Mis asistencias son ingeniosas
y mi fadeaway de una pierna
sigue cayendo como fichas de dominó.

Hay algo en unir fuerzas
para arruinarle el día a alguien en la cancha
que une más a una amistad.
Es un vínculo que comienza con triples hundidos
y pases locos sin mirar.
No puedo explicarlo.
Hay un ritmo en todo esto.
Y una vez que lo encuentras,
no se rompe fácilmente.
¿Nos acabamos de convertir en mejores amigos?, digo,
citando a Brennan de la película *Step Brothers*.
Por suerte, la broma tiene éxito y Camilo sonríe.

Es hora de volver al trabajo, dice.
Las cosas se calientan entre los muchachos
cuando nos vamos. Se empujan
y hasta se lanzan puñetazos.

Mientras nos alejamos en el carro, uno de los chicos
está dándole patadas al otro en el asfalto.
Me volteo hacia Camilo como diciendo
Deberíamos volver y ayudar a ese tipo
y él me devuelve la mirada con

los labios fruncidos como diciendo
Solo eres un invitado aquí y eso
no es asunto nuestro, chico.

Dos amigos peleando como amienemigos,
todo por haber perdido feo a pesar de tener
la ventaja de jugar de locales.

Qué momento.
Qué momento.
Qué momento.

No veo la hora de contarles
a Devon y Héctor sobre esto.

MA DICE QUE REGRESE ANTES DE LA CENA

Dice que mi tía está preparando
sancocho de pollo, uno de los tres platos favoritos de Papi.

Desde que Papi murió, mi tía es la única que queda viva,
hija de dos padres muertos y hermana
de dos hermanos muertos. Ayer nos dijo
que de vez en cuando cocina una comida abundante
y finge que todos los hermanos están juntos de nuevo.
Siempre acaba tirando
libras de sobras o llevándolas
a la residencia de ancianos donde trabaja.
A esos dos les encantaba comer, dijo,
como reyes sin corona.

Ignoro el texto de Ma; aunque parte de mí quiere responder:
Estoy ocupado fumando cigarrillos y cometiendo homicidio con el aro, regreso cuando se me dé la gana.
No estoy aquí para ser el estómago sustituto de Papi.

DOS VOCES EN MI CABEZA

en guerra perpetua.

El Hombre de la Casa contra El Rebelde Sin Frenos

El Basquetbolista contra El Poeta

El Hijo de Mamá contra El Hijo de Papá

El Gringo contra El Colombiano

El Superdotado contra El Perdedor de Tiempo

Pero ¿quién dice que no puedo ser todas estas cosas,
y más, al mismo tiempo?

Da igual cómo cortes el bizcocho,

siempre y para siempre,

para siempre y siempre,

Yo contra Yo.

UNA SEÑORA CON UNA RED DE PELO

rastrilla las hojas fuera,
una ligera llovizna le resbala
por las mejillas sonrosadas como lágrimas.

Estamos sentados fuera
en los escalones de Camilo.
Él enciende uno.

Cuéntame un secreto, dice Camilo,
dando una calada a su porro.
Me quedo pensativo un momento.

¿Qué tipo de secreto?, pregunto.
Algo que nunca le hayas contado a nadie,
ni siquiera a tus mejores amigos del mundo.

Me duele el cerebro tratando
de pensar en algo
mientras la lluvia cae con más fuerza.

Camilo apaga
el cigarrillo y señala
hacia la puerta.

Pero no antes de señalarme
como diciendo: *Oye, no hemos terminado aquí.*
Vuelve a mí con ese secreto.

CAMILO ME PREGUNTA QUÉ HE ESTADO ESCRIBIENDO

todos estos días y le digo que *garabatos*.
Es el segundo o tercer o séptimo día juntos,
¿quién sabe? Estamos parados

afuera de la panadería,
tirando mierda y tragando
gaseosas y pan de queso.

Escribamos algunos haikus, dice.
Le lanzo una mirada en blanco.
No seas idiota. Tú escribes tres, yo escribo tres.

Miro abajo mis rotos Chuck Taylors,
que alguna vez fueron blancos
y ahora están manchados de pasto, lodo y cola colombiana.

Se me ocurre:
acabo de ser retado
a una batalla de haikus

afuera de una panadería en Cartagena, Colombia,
por un taxista de 18 años que abandonó el bachillerato
y que posiblemente sea un genio.

MARCOS

+

Chucks sucios en pies,
corazón abatido.
Ellos me llevan.

+

Alguien sin hogar
es un alguien que huye.
¿No somos todos?

+

No sé por qué no,
nunca puedo recordar
lo que yo sueño.

CAMILO

+

Soñé con el mar
hecho de mil lágrimas
sin enjugarse.

+

Soñé con aliens.
Ka-bum, Sudamérica.
Nadie lo notó.

+

Soñé con Gabo,
entre los vivos, frente
a su máquina.

CONFIESO

que no sabía
hasta este momento
que García Márquez,
            Gabo,
no estaba *entre los vivos*.
No se lo digo
a Camilo, claro,
porque me siento estúpido,
como si fuera algo
que debería saber.
De vuelta en el taxi, hago una búsqueda en Google.
Es verdad. Fecha de fallecimiento: 17 de abril de 2014.

El artículo dice:

El Premio Nobel colombiano
Gabriel García Márquez,
quien desató el bum mundial
de la literatura en español
y el realismo mágico
con su novela Cien años de soledad,
murió a los 87 años. Había sido ingresado
en un hospital de la Ciudad de México
el 3 de abril con neumonía.

¿Cómo me perdí esto?

¿Cómo no me enteré de que
García Márquez estaba muerto?

¿Y después de que Camilo ha estado hablando
de él todo(s) el(los) santo(s) día(s)?

¿Dónde está enterrado?, pregunto mucho más tarde,
rompiendo nuestro silencio.

Las calles zumban
con vagabundos
y abejas obreras
ocupándose de sus asuntos.

¿Quién?, responde Camilo,
volviéndose hacia mí.

García Márquez...
¿dónde está enterrado?

Sus cenizas, dice Camilo,
fueron puestas a descansar en La Merced.
Es un monasterio anexo
a la Universidad de Cartagena.

Espera... ¿Entonces sus cenizas están aquí?, pregunto.

Sí. Después de morir en México,
donde había vivido durante mucho tiempo,
sus cenizas fueron traídas en avión a Cartagena.

Sus padres también están enterrados aquí.
Así que están todos juntos.
Juntos, como una familia.

COMO LO QUISO EL DESTINO

Las cenizas de Papi pronto serán esparcidas
en la misma ciudad de su ídolo.

En la ciudad que ambos adoraban,
la ciudad que ayudó a formarlos.

Sabiendo ahora que García Márquez
está aquí, estoy convencido de que esto es

lo que Papi hubiera querido.
Aunque también es probable que Papi creyera

que viviría joven para siempre.
Yo sí lo creía. Sin duda.

CAMILO LEE EL PERIÓDICO

mientras su abuelo se sienta en su cama
mirando fijamente el dibujo del escarabajo de Camilo,
con una mirada sin vida en los ojos.
Me recuesto en el sofá con mi libreta,
anotando pensamientos y subrayando pasajes
de CIEN AÑOS DE SOLEDAD.
Mi esfero baila en la página como las manos de Papi

preparando filetes en la cocina.
O el hombre de los arbolitos felices con el afro
haciendo que todo parezca fácil, en PBS.

Solo que yo no hago
montañas de color azul hielo,
cabañas de madera
ni siempreverdes.

Mi cabeza
está llena de miedo
por el futuro.
Pero mis manos se sienten   libres
entre los márgenes.

Me serviría una montaña   y una ojeada
          a lo que sea que esté por venir.

Odio tener tanto miedo,
pero cuando estoy cerca de Camilo
me siento extrañamente vivo.

DE LA NADA,

Camilo empieza a hablar
de las cenizas
de García Márquez.

Nunca había conocido a nadie
que se pusiera a hablar así

de muerte y cenizas,
pero supongo que así es Camilo.

Y creo que me gusta eso de él.
Tiene una oscuridad dentro
que se siente honesta; es una oscuridad
que yo comparto. Desde su sentido del humor
hasta sus elecciones de libros y canciones.

Camilo busca en su bolsillo
una petaca y sirve
unas gotas de aguardiente.

Por el hijo favorito de Colombia,
que ahora es polvo,
dice Camilo.

Yo repito sus palabras:
Por el hijo favorito de Colombia.

Pero estoy pensando en el
segundo hijo favorito de Colombia.

A PESAR DE TODO EL ÉXITO DE LA NOVELA

y el reconocimiento internacional,
una cosa que a García Márquez
nunca le interesó fue ver
CIEN AÑOS DE SOLEDAD
adaptado como película.

Pensarías que cualquier autor amaría la idea
de que un productor de cine llevara su visión a la pantalla.
Además, García Márquez dejó que los estudios
hicieran películas y series
de otras cosas que había escrito.
Incluso incursionó en escribir guiones,
él mismo, me cuenta Camilo.

Pero CIEN AÑOS DE SOLEDAD
es otro tipo de animal. García Márquez decidió
no vender los derechos porque creía
que eso arruinaría su magia.

Pensaba que los lectores de todo el mundo
debían ser libres de imaginar a los personajes
como quisieran. Para que les recordaran
a familiares, vecinos, amigos;
para traer sus propias vidas a la historia.
Sus propios recuerdos.

Dejar que un cineasta atara estos personajes
a actores específicos haría de la historia
algo diferente.
Algo, en palabras de Camilo,
más estrecho, más limitado.
Ya no se sentiría
universal.

Por supuesto, ya sin Gabo,
todo es posible. Y tal vez
haya una forma de hacerlo bien,
aunque no sea así bajo su mirada.

Qué dulce debe de ser, dice Camilo,
estar tan seguro de quién eres
y de lo que quieres
y no quieres
en esta vida.
Como lo estaba
Gabo.

GABO,

me entero, vivió
épocas interesantes
como joven escritor.

Un ejemplo es:
durante casi un año,
alquiló un cuarto
por un peso cincuenta la noche
en un burdel de cuatro pisos
llamado El Rascacielos,
en la ciudad de Barranquilla.

Su cuarto supuestamente
era más bien como un cubículo de oficina.
Día y noche escribía y escribía,
trabajando sin descanso en artículos periodísticos
sobre los pequeños pueblos
y aldeas que conocía.
Por encima de su habitación
estaban los cuartos de las prostitutas,
donde ocurría todo tipo de
luces, cámaras, acción.

Gabo se llevaba bien
con las prostitutas
y les ayudaba a escribir cartas.
A cambio, ellas le daban jabón
y le daban de desayunar.
Una de las mujeres,
María Encarnación,
planchaba los pantalones y camisas de Gabo
una vez a la semana.

En El Rascacielos
había ruido, violencia
y drama constante
a las peores horas. Mucho después,
Gabo diría que,
aunque fueron días felices,
nunca pensó que los sobreviviría.

Según Camilo,
esas noches salvajes
probablemente fueron estupendas para el escritor.

Vivir eso te convierte
en un buen narrador.

MI PADRE TAMBIÉN ERA

un tejedor de cuentos.
Como las de Gabo, las
historias de Papi a menudo parecían
tan antiguas como el tiempo mismo.

Entrelazaba recuerdos
como una cadena de cuerda,
cada uno con su propio nudo de significado.

Como aquel en el que
Papi salvó a un hombre
de un carro en llamas,
solo para descubrir
que era
el hermano enfermo del hombre
quien había empapado los asientos
con líquido para encendedor y había
tirado el fósforo dentro.

La voz de Papi te atraía
como el sonido de un bajo.
Él era puro amor
y pura adrenalina
todo el tiempo.
Iba de 0 a 100
así, sin más, ya fuera
entreteniendo a amigos en nuestra casa,
defendiendo a los indefensos
o

    manejando su motocicleta.

¡Esa maldita motocicleta!

OTRAS COSAS QUE CAMILO SABE Y CONOCE SON

Cómo cambiar una llanta en cinco minutos

El nombre y el apellido de la mayoría de los presidentes de Estados Unid

Al menos seis comidas que empiezan con la letra Q

La lista de preguntas de la entrevista de inmigración de Estados Unidos

Cómo hacer malabares con una pelota hacky sack

Cómo cargar, amartillar y disparar

Por qué algunos gatos son alérgicos a los humanos

Las esposas de Ernest Hemingway

Cómo dar RCP y la maniobra de Heimlich

Manejar transmisión manual

Cómo mantenerme en vilo

Es superbueno en eso último.
Tanto de Camilo
se siente como un acertijo que tomará
al menos 100 Años de Estar Juntos
para resolverse. Solo sé lo que sé.

QUIZÁS NO SÉ LA MITAD DE LO QUE ÉL SABE

pero tal vez
Camilo es
quien yo sería
si hubiera
crecido
en Cartagena.
¿Es por esto
que me gusta
tanto
estar
con él?
¿Porque estar
con
él
es como
entender una
versión alterna
de mí mismo nacida
en un mundo
totalmente diferente?

PEDAZOS DE UN HOMBRE

Su generosidad,
su gran carcajada como trueno,
su curiosidad infinita

sobre cómo funciona el universo,
sus cejas arqueadas
cuando está en una perorata,
la forma en que dice cosas
increíblemente profundas
y luego hace anillos de humo para aligerar el ambiente,
su forma de no tener nunca prisa,
esas manos maltratadas que te dicen que las cosas no han sido fáciles,
su taxi impecable en el que nos apoyamos para estirar las piernas,
la amabilidad en su tono cuando le muestra el camino
a un turista confundido. Estas cosas dicen
algo del *qué* y *quién*, pero nunca podrían
expresar el *todo* que es Camilo.
Como Papi, Camilo es algo
para desenredar con tiempo.

PARAMOS A COMER PIZZA

en un lugar que a Camilo le encanta.
Pido una rebanada de pepperoni
y una de champiñones.
Camilo pide una de solo queso.
Estamos hambrientos y no hablamos mucho.

La pizza está decente,
aunque el tema
del restaurante es cuestionable.
Como atienden principalmente a viajeros,
como funciona es
que tú traes tu ropa sucia
y el personal la limpia mientras comes.

Es lo que hacen
si tienes dos horas que te sobren.
Pagas unos pocos pesos y ellos
te sirven comida
y se ocupan de tu bolsa
de calzoncillos apestosos.

Pero más inquietante que la lavandería
como ingrediente de una pizza es
lo nerviosa que se ve la cara de Camilo,
otra vez, cuando entra un policía.
Ahora lo he visto hacer esto
varias veces
y no puedo quitármelo de la cabeza.

Veo que sus hombros se tensan
cuando el hombre hace su pedido,
una Glock y un bolillo largo
a cada lado de su cintura.

Camilo mira abajo, hacia su plato,
como si intentara no levantar la vista
ni cruzar la mirada con el tombo.
A mí tampoco me gusta mirar a la policía,
pero esto se siente sospechoso.

DISIMULA

No
indago

no
escarbo

no
pregunto

dejaré que me lleve la corriente
de este frío río
de silencio
hasta que llegue el momento
adecuado.

LA REGLA DE LOS CINCO SEGUNDOS

Se me cae un trozo de
orilla en el suelo del taxi,
lo recojo y me lo como.
Camilo responde
con el ceño fruncido,
como si nunca hubiera oído
de la regla de los cinco segundos.
La cual, resulta,
no ha escuchado.

Explico con
aire de suprema confianza
que cinco segundos
es la ventana precisa
de oportunidad
antes de que la comida caída
al suelo

sea contaminada
o infectada
por gérmenes dañinos.
Si se consume dentro de esa ventana,
le digo a mi hipnotizado alumno,
es seguro comerla.
Eso es asqueroso,
y tú también, me responde.

Marcos, no podrías ni empezar
a imaginar, ni en un millón de años,
las cosas repulsivas
que han pasado
ahí mismo donde estás sentado.
Y el suelo puede ser
el lugar más sucio de todos.
Disfruta tu pizza.

CONFESIONES

Más tarde, Camilo
quiere *hablar*.
Sabe que me puso
incómodo
en la pizzería antes
y dice que quiere
explicarse. Enciende uno
y arregla su postura
como si estuviera en confesión.
Le recuerdo que no soy ni cura
ni santo.

Dice que si vamos
a ser parceros,
no podemos mentir
ni ocultar hechos importantes
el uno al otro.

Resulta que
hasta hace poco,
Camilo estaba en una pandilla.
Colombia, he descubierto,
tiene cientos de pandillas esparcidas
por todas sus ciudades principales.
Un poco como en Estados Unidos.
Y en ciudades más pequeñas como
Bucaramanga, Barranquilla
y Cartagena,
también hay innumerables
jóvenes enfadados
que aterrorizan vecindarios
y espacios públicos
sin remordimiento.
Camilo era uno de ellos.
Pertenecía a una pandilla llamada
Lobos Locos, dice,
pero renunció.
Acabó. Terminó.
Entró en razón.
No sé muy bien cómo responder,
así que no lo hago. Cállate y escucha.

. . . .

. . . .

. . . .

Y escucha más.

. . . .

. . . .

. . . .

Se chupa los dientes
y sigue hablando.

He hecho unas
cosas horribles en mis 18 años.
En general, crímenes menores.
Vandalismo.
Grafiti.
Peleas.

En cualquier caso, son crímenes
de los que no está orgulloso.

Está dejando las peores partes
a mi imaginación,
estoy seguro, aunque intento no juzgar ni entrometerme.

Pero sucedió algo
que, según
Camilo, lo llevó a su
punto de quiebre.
Camilo agacha la cabeza,
empieza y para,
empieza y para.
Se esfuerza para hablar.
Juguetea con la pata de conejo
que guarda en su bluyín
para la buena suerte.

Finalmente, sale:

Hace dos semanas, este idiota Fernando me pidió
si podía usar mi taxi para encargarse
de algunos asuntos. Yo estaba descansando,
así que le dije que sí, sin darle importancia.
Más tarde, ese mismo día, atropelló a alguien
con mi taxi y huyó de la escena.
No sé si el chico que atropelló está muerto
o vivo, pero me enteré de que es de una
pandilla rival, y eso quiere decir que Fernando lo hizo a propósito.

Traté de averiguar más pero no descubrí nada, ni mierda.
Quería estrangular a Fernando allí mismo,
drenarle la vida por ponerme en esta situación.
A la mañana siguiente, se marchó a Venezuela,

y me dejó lidiando con la posible arma homicida.
Y con el miedo permanente de que yo, de alguna manera,
algún día, seré castigado por algo en lo que
no participé.

Pero la verdad es que
no soy completamente inocente en todo esto.
En lugar de reportar el crimen, Marcos,
hice todo lo posible por pulir la abolladura.
Luego le di al taxi una lavada profunda
para asegurarme de que no quedara ADN en su superficie
que pudiera implicarme. A los ojos de la ley,
todos estos actos se considerarían como los actos de un cómplice,
de un coautor.

Así que ahora siempre me preocupo.
¿Y si los policías me atrapan de alguna manera?
¿O si Fernando decide
que tiene que regresar y acabar conmigo
porque soy el único que puede vincularlo con el crimen?

Cualquier cosa es posible.

Como siempre,
tengo más preguntas que respuestas.

ENCRUCIJADA

Con el peso
de todo eso,
Camilo tuvo que

abandonar la vida,
romper lazos
con sus viejos compinches,
arrepentirse de sus pecados,
aislarse,
tratar de no morir,
escuchar a Gabo,
esperar lo mejor.

No ha hablado con
nadie de su vieja pandilla
puesto que, dice él, todos acordaron
dejarlo en paz, *Deja a ese nerdo*
con sus libros. Camilo deja claro
que, que te dejen solo de esta manera,
es una bendición por sí misma.
Y una bien excepcional.

AUNQUE NO FUERA CULPA SUYA,

la confesión de Camilo desencadena
sentimientos mezclados; me hace pensar

demasiado profundo en cómo mataron a Papi
como para no hundirme.

Me siento robado y, de cierto modo, engañado.
Me hace cuestionar a Camilo,

en quien he llegado
a confiar en estos últimos días.

Viéndolo desde su punto de vista,
supongo que entiendo.

No me conocía
suficientemente bien para inmediatamente

vomitar su confesión. No me
debe nada.

Pero ahora somos amigos.
¿Por qué nada puede ser fácil?

BUSCO Y BUSCO

Pero en lugar de encontrar algo
sobre un atropello con fuga, encuentro un deprimente
artículo sobre un niño de 13 años de Cartagena
que murió de falla renal
después de años de inhalar pegamento.

¿Pega?
Pega.

Santiago había estado viviendo solo
cerca de la calle Media Luna
después de que sus padres
lo abandonaron a los diez años.
Sin posibilidad de conseguir
los $50 000 para un trasplante de riñón
que podría haberle salvado
la vida, Santiago murió. Muerto.

¿Cómo puede alguien permitir que esto
suceda?, pregunto.

Camilo me cuenta
de los gamines
que inhalan
pegamento de grado
industrial
por el sector La Magdalena
y El Paraíso.
Los ha visto antes.
Los jóvenes desamparados
que inhalan vapores
tóxicos para drogarse,
olvidar a su dolor
y matar su hambre.

Camilo dice que ellos
lo consiguen en mercados peligrosos
y farmaceutas callejeros.

Lo guardan en botellitas
o en bolsas Ziploc.
Parece adhesivo de caucho,
dice Camilo, *es*
color ámbar y pegajoso.
Los niños deambulan por ahí
luciendo medio muertos.
Buscando su próximo toque.
O buscando una salida.

Quizás quieren morir,
porque quizás la muerte
es mejor que el hambre.

HAN PASADO MÁS DE DOS SEMANAS

desde el accidente.
El accidente que no fue
ningún accidente.
Busco en mi celular de nuevo
cualquier noticia que pueda
confirmar lo que Camilo me ha dicho,
o algo que pueda darnos
información sobre la víctima.

¿Está muerto?
¿Paralizado de por vida?
Todavía nada.

La única evidencia que tengo,
si la puedes llamar eso,
es la confesión de Camilo
y la pequeña abolladura
en el bómper delantero
de su taxi.

DECIDO QUE TAL VEZ SEA MEJOR

alejarme un poco de Camilo,
al menos por un par de días, quizás más.

No respondo a textos. No contesto.
Le ayudo a mi tía en casa,
doblo ropa, juego damas con
Daniela. Ma se da cuenta
de que algo me molesta
y supone que es
la tristeza de siempre
por Papi. Y lo es, y tal vez
siempre lo será. Pero también
es una montaña más.

He llegado a confiar en Camilo.
He llegado a creer todo
lo que dice y lo acepto como verdad.
No quiero que nuestra amistad
quede deshilachada y manchada
como un saco de segunda mano.
Pero tampoco quiero
que me arrastren al peligro,
sobre todo cuando este viaje empieza
a llegar a su fin. Papi me diría
que protegiera mi corazón y guardara la llave
en una caja fuerte con una contraseña complicada.
Me diría que usara la cabeza.

Ma me abraza y se le aguan
los ojos. Mis lágrimas no quieren caer.
Pero si lo hacen, estoy seguro de que ella
tratará de atrapar hasta la última.
Hoy... fue una mierda.

SEGUNDAS Y TERCERAS REFLEXIONES

Hace unos dos meses
te hubiera dicho
que lo sabía todo.

De arriba abajo,
de izquierda a derecha,
por dentro y por fuera.

Pero el desastre tiene
su forma de asegurarse
de que tus

preguntas sean más
que tus respuestas.
Cuestionas todo por segunda

y tercera vez
como
si fuera

a pasar
de
moda.

RECUERDOS / MOMENTOS

Tía saca
una caja de zapatos llena de fotos
de hermanos y amigos.

Las muchachas, contentas
con sus shorts supercorticos
y tops de bikini de flores

y los muchachos con pantalonetas,
pechos fuera,
y sonriendo.

Ninguno se ve
como si
fuera a morir joven.

Pero ¿no todos,
aún de las maneras más leves,
nos rozamos

con la muerte
a diario, a cada hora,
cada minuto?

ESTA CIUDAD, EN LA DÉCADA DE 1990,

se podría haber
descrito como una utopía,
según a quién le preguntaras.
La gente quizás hablaba de las fiestas
y de los mejores momentos de su juventud.
Quizás, como mi tía,
te contarían de sus largas caminatas
y los fines de semana que pasaron
con familiares en el norte,
rodeados de
palmeras altísimas
y bosques de nubes.
La mitad de sus historias
parecen terminar
con Papi y mi tío
regañando a cualquiera que
le echara el ojo a su hermana.
Sé cómo es eso.
Tía hace la señal de la cruz.
Esos muchachos, dice,
tomando un sorbito de té.
Dios los bendiga.
Me completaban.

Ma se retira.

FURIA EN LA CARRETERA

Tía tiene que
correr a la tienda
y me ofrezco a acompañarla.
Su carro tiene dos llantas pinchadas
hasta mañana, así que
llama a un taxi.
Llega un man tranquilo,
con gafas de marcos gruesos.

A la mitad de un mal coro
de Bruce Springsteen,
nos corta un tipo
en una camioneta destartalada;
se nos mete adelante cuando
llegamos al semáforo,
pillando desprevenido
a nuestro tranquilo chofer.

Tía salta del carro y corre
derecho a la ventana
del tipo. Lo insulta
y hace un escándalo.

Me da pánico y voy
a tratar de tranquilizarla,
temblando como un flan.
¿Qué tal si el hombre tiene un arma?
¿Un bate?
¿Una espada gigante como la de Conan?

¿Se olvidaría de esto?
El hombre la mira fijamente,
pero no reacciona. Sus
ojos negros apenas se mueven.

Después de que ella le grita
cada insulto que se le ocurre,
nos damos la vuelta, pero nuestro taxi

se fue,

baby,

se fue.

Camilo, a decir verdad,
nunca nos hubiera abandonado.
Caminamos las
últimas tres cuadras
hasta el mercado
llamado Macondo,
compramos unas pocas cosas
y disfrutamos un regreso
a casa sin dramas. Un nudo
del tamaño
de un pequeño puño
se me forma en la garganta.
Esta mujer es igual
que su(s) hermano(s).

BAUTIZADO POR LA VIOLENCIA

En su época, Papi
y mi tío repartían
golpizas como tarjetas de mejórate pronto.

Palizas hábiles y devastadoras,
según me han dicho.
Eran unos peleones

de pies a cabeza,
educados por su madre
desde pequeños a nunca dar el brazo

a torcer si los empujaban al límite.
A pegar primero, pero
solo si los provocaban.

Solo si no había
otra solución
que echar puños.

Papi dijo
que la única defensa
contra la gente mala

que comete actos violentos
es la gente buena
que lo sepa hacer mejor.

Tío se convirtió más tarde en campeón local de boxeo.
Papi encontró al amor de su vida
y se limpió los nudillos.

EN AQUELLOS TIEMPOS

veíamos lucha libre profesional.
Los clásicos, sobre todo.
Las muchachas se iban por helados
o a arreglarse las uñas
y Papi sacaba
los casetes de la WWE
que le encantaban desde siempre.

Nuestro favorito
era Razor Ramon.
El malo de pelo engomado
que vestía con pantaloneta
morada y amarilla
y llevaba el cuello cubierto
de cadenas de oro
que se mecían
sobre su musculoso pecho
como un péndulo.
El malo supremo
que lanzaba palillos
a sus enemigos
y soltaba una
sonrisa creída.
El Razor que hablaba
mucho y lo respaldaba.

Papi y yo
frente al televisor
lanzando almohadas
y chocando los cinco
en el aire
mientras nuestro man principal
imponía la ley
y nosotros le íbamos al villano.

Saludos... ¡al Tipo Malo!

ESTOY PENSANDO

en el muchacho
que fue atropellado
por el taxi de Camilo.
Ando preguntándome
si estará vivo.
Apuesto
a que quedó incapacitado.
De la cintura pa' arriba o
de la cintura pa' abajo.
Estoy creando
pesadillas a plena luz del día.

Me pregunto
qué habrá
o no habrá
hecho
para merecer
estar lleno de morados

hechos por un bueno para nada
perdedor como el examigo
de Camilo,
y ahora enemigo.

Nuestro enemigo.

SOBRE EL TEMA DE LOS ENEMIGOS

Solo he tenido una pelea a puñetazos.
Fue rápida y descabellada.
Rápida pero no furiosa.
Fue en 7.º grado,
en la clase de Economía Doméstica de la señora Shore.
Estábamos haciendo macarrones con queso al horno.
Este sapo Adrian pensó que yo
había terminado con la estufa.
Pero yo no había terminado con la estufa.
Me empujó
y escupió algo malicioso
entre dientes con su aliento hediondo.
Yo lo empujé
porque no estaba de humor.
Me dio un golpe en la cabeza.
Nada que no pudiera soportar.
Le devolví el favor
y le di un puñetazo en su boca metálica.
No fueron nuestros golpes más dañinos.
Nos empujamos. Nos dijimos cosas.
Cuando íbamos a volver a pelear, la señora Shore
se interpuso y le cayó

un codazo accidental.
Una víctima de la guerra.
Esa fue mi única pelea.
Me suspendieron por dos días.
Y al tercer día resucité.

CUANDO ERAN NIÑOS

Tía dice que su padre
ponía tangos a todo volumen,
le encantaba
la ternura y el drama
de los pianos, las flautas y los violines
mezclándose.
Tarareaba *La cumparsita*
en público
y por la casa.

La cumparsita
fue escrita en los años 1900
por un adolescente
llamado Gerardo Matos Rodríguez.
Originalmente, la canción no tenía palabras, dice mi tía.

Solo escucho a medias ahora.
Miro mi libro
con las páginas dobladas en el mostrador,
deseando que estuviera más cerca,
como si la Fuerza estuviera conmigo.
Ya conoces esa sensación insistente
de haber puesto algo que

preferirías estar haciendo
en espera.

Fuera de la ventana,
dos hombres discuten por
un lugar de estacionamiento
como si lucharan por
la oportunidad de ser oídos o

sentidos.

Tía dice que después
hicieron una versión
de *La cumparsita*
con letra.

Así empezaba: *La cumparsa de*
miserias sin fin desfila,
en torno de aquel ser enfermo,
que pronto ha de morir de pena.

La situación se agrava
  afuera
y uno de los hombres
blande un cuchillo o un palo
y la gente se dispersa.
No miramos arriba ni afuera
mientras todo sucede,
preferimos centrarnos
  adentro
en nuestros propios

problemas...
en lugar de en los de un extraño.

EN SU ADOLESCENCIA

mi abuelo
era artista.
Un prodigio, me han dicho.
Era cariñoso
y de corazón abierto,
con hambre de mundo
y todo lo que tenía para dar.

¿Qué tipo de artista?,
le pregunto a mi tía.
Ella señala una obra
sobre el sofá:
un hombre encorvado
hacia adelante en una silla.
Ojos serios,
brochazos
de azules, verdes y rojos.

A los dieciséis años, mi abuelo
invitaba a desconocidos
a la casa de sus padres
para hacerles retratos.
Mendigos.
Jornaleros.
Ahorraba plata de
su pequeña mesada

y, cuando había ahorrado lo que
creía suficiente,
les ofrecía a los hombres de la calle
unos cuantos pesos a cambio
de utilizarlos como modelos.

Algunas de las pinturas
eran de figuras solitarias,
otras mostraban a dos
o tres hombres
de pie o sentados
codo con codo.
Captaba su
lenguaje corporal
y sus expresiones faciales
con, para usar las palabras de mi tía,
la *generosidad*
de un artista del doble de su edad.

A los dieciocho, conoció
a mi abuela
y pronto ella quedó embarazada.

Un bebé, luego dos, luego tres.
No pasó mucho tiempo antes de que
tuviera que abandonar su pasión
y ganarse la vida, porque
los sueños no mantienen prendidas las luces.
Nunca perdonó
al mundo por obligarle
a enterrar su don

en el suelo.
Una cápsula del tiempo
que nunca sería desenterrada.

ALGUNAS COSAS NUNCA DEBERÍAN

ser enterradas.

Sueños.
Talento.
Deseos de cumpleaños.

Carne cruda cerca de tu carpa.
Un fregadero lleno de platos.
Mascotas muertas en el jardín.

Paréntesis: ¿Qué es peor, que un hijo
entierre a sus papás o que unos papás
entierren a su hijo?

DE HECHO

El entierro

ha cambiado y alterado para siempre nuestro día a día.

Ha quitado nuestra...

despojó nuestra...

negó nuestra...

oportunidad de ser plenamente...

totalmente...

enteramente...

nuestra.

En *nuestra* historia, hay una

muerte y un entierro, pero no hay resurrección

al final de *nuestra* hora.

LA GRAN FUGA

Una vez, Papi nos contó de una noche
cuando tenía once años
y pensaba volarse.
Lo había pensado durante semanas.
Después de considerarlo cuidadosamente,
decidió hacer un experimento en cambio:
para ver cuánto se demoraría alguien
en darse cuenta de que se había ido.
Papi cruzó la calle
y se arrodilló entre unos arbustos.
Esperó pacientemente bajo la luna plateada,
sosteniendo una pequeña linterna.
Pasó una hora, luego dos.

Nada.
Sin zapatos, Papi se agachó en cuatro patas sobre una cama
de flores marchitas. Tenía los ojos fijos en el apartamento.
Su hermano y su hermana estaban sentados junto a la radio
en pijama. Dónde podría o no
estar él era en lo último en lo que pensaban.
Sus padres discutían en el cuarto de al lado.
Harto, su padre finalmente se marchó y se metió en
su viejo Volvo. Se sentó allí solo. Pensando. Tramando.
El carro estaba todo dañado, con la pintura desconchándose por
todos lados.
Después de unos diez minutos, su padre giró la llave,
pero el carro no arrancó. Tras varios intentos,
el motor cobró vida.
Su madre estaba sentada en la cocina,
sola con una taza de café.
Lloraba en silencio
para que los niños no la oyeran.

Hasta ese momento, la idea de marcharse así
siempre le había atraído a Papi.
Solo pensar en una gran fuga
le había encendido una chispa adentro.
En la escuela primaria, nos contaba, sus historias favoritas
eran aquellas en las que el protagonista se marchaba
a algún lugar en busca de conocimientos o tesoros.

Esta fantasía debía ser algo de familia.
Escondido en la tierra, esa fue la última vez
que Papi vio a su padre.

DIFÍCIL DE ENCONTRAR

Un buen hombre
Un buen llanto
Un buen chiste sobre paletas
Una buena foto de Pie Grande
Una buena secuela
Una buena precuela
Una buena excusa
Un buen par de sandalias
Un buen compañero de entrenamiento
Una buena foto de un ovni
Un buen padre

¿CUÁL ES TU SUEÑO? (#2)

me pregunto.
Ser algún día el padre
que Papi fue para mí,
el que su padre nunca fue para él.

CUANDO TENÍA CINCO AÑOS

me perdí
durante una visita
al museo.

Todo empezó
tranquilo, perfecto.

Los cuatro
paseábamos
viendo las exposiciones.
Estábamos jugando juntos
en la tienda de comestibles de juguete,
llena de gérmenes,
cuando me alejé
para ir a ver la isla Pirata.

Solo me
tardé dos segundos
en escapar.
Dos segundos sin vigilancia.

Según Ma,
cuando Papi y
Ma se dieron vuelta
y se dieron cuenta de que yo
había desaparecido,
les dio pánico.

Supongo que Papi
pensó que *Ma*
me estaba vigilando. Ella
pensó que *él*
me estaba vigilando.

Siguiendo su instinto,
Papi salió corriendo hacia
la entrada principal,
preocupado de que fuera a ver
a alguien arrancando a toda velocidad

conmigo en
una camioneta blanca.
Como en las películas.

Pero Daniela me vio
a solo diez metros.
Todo engalanado con
un sombrero de pirata
y un parche de ojo,
agitando el garfio.

Ella no sabía
que estaba pasando algo.
Desde su cochecito,
me señaló y
gritó, riendo, como
siempre hacía.
¡Marcos! ¡Marcos! ¡Marcos!

Llamó la atención de Ma,
que llegó volando
y me agarró.
Papi volvió
para verme
sano y sonriendo
en brazos de Ma.

Soltaron un
suspiro profundo
y Ma me echó
tremenda cantaleta
sobre mantenernos unidos.

Acerca de nunca alejarnos.

Luego continuamos
con nuestra diversión,
agarrados de la mano.

Pero para mí,
por un minuto,
mi hogar fue un
barco pirata.
Cosplay de
Jack Sparrow
en el museo
de los niños.

Nunca supe
que estaba perdido.

MA SE CRIO COMO CATÓLICA

y cuando éramos pequeños,
ella rezaba
con nosotros antes de dormir.

Las noches que estaba
al teléfono
u ocupada con las tareas domésticas,

mandaba a Papi a que nos
acostara y le pedía
que rezara con nosotros.

Él nunca lo hizo.
En cambio, nos leía poesía.
Poemas sobre política,

guerra y libertad de expresión.
Me acuerdo de uno largo
sobre cómo las mejores mentes de la generación
del escritor fueron destrozadas por la locura,
muertas de hambre y culidesnudas.
Los temas de los poemas

que Papi colaba a nuestra habitación
como si fueran drogas rara vez eran reconfortantes
y probablemente no eran apropiados para nuestra edad.

Pero los poemas siempre nos hacían pensar.
Las palabras nos hacían considerar cosas
que nunca habían pasado por nuestras cabezas.

Nos estiraban el cerebro
como un caramelo Laffy Taffy.
Y nos encantaba.

Uno de nuestros mejores secretos era
el ingenioso engaño de Papi.
Poesía disfrazada de oración.

TENGO DIEZ AÑOS

y el actor John Leguizamo
está gritando en la tele.

Es el protagonista de su
obra teatral unipersonal
llamada *Spic-O-Rama.*
En el espectáculo,
Leguizamo interpreta
a los seis personajes
de una familia loca
de Nueva York.
El sketch que abre el show
nos muestra a un pelado llamado Miggy,
que se acuerda cuando
un niño malo del campamento de verano
lo llamó spic estúpido y feo.
Podría haberle dado
una paliza, dice Miggy.
Cuando estás enojado, Dios mío,
puedes agarrarte a golpes con personas que son como un millón
zillón trillón de veces más grandes que tú.
A través de sus frenillos,
Miggy nos cuenta, a mí y a Papi,
cómo volteó toda esa situación
usando trucos mentales de Jedi.
Sí, sí, sí, soy un spic.
Yo soy... soy spictacular.
Yo soy... soy spictorioso.
Yo soy... soy indespictible.

¿El punto?
Tal vez las palabras son armas.
Tan poderosas como los puños
en la boca de alguien
que sabe cómo usarlas.

MIS PADRES SIEMPRE ME ENSEÑARON

a no buscar pelea.
Pero que si se me presentaba un problema,

tenía permiso para responder o tomar represalias.
Aunque ese tipo

de problemas casi nunca se presentaban,
yo agradecía sus palabras.

Papi me dijo que hay una gran
diferencia entre ser amable

y ser un tapete.
Sé cortés, muestra respeto: Siempre.
Sé blando, deja que la gente te pisotee: Nunca.

Eres un Cadena, decía Papi.
Eres hijo de tu padre
y sobrino de tu tío.

Pero puedes ser como Miggy
cuando lo necesites.
Inteligente con tus palabras.

PAPI SOÑABA

con poner un dedo
sobre el dolor del mundo.

Poniendo su pulgar
sobre las partes adoloridas
para detener
o disminuir
el sangrado.

Tía dice esto,
aguantando
las cataratas del Niágara
tras sus ojos.
Su labio inferior tiembla
un poquito.
Está en otro lugar.
Claramente.

ME SIENTO SOLO

pensando en el cielo y el infierno.
No porque se me haya ocurrido solo.
Hay un folleto en una pila de correo
que dice: *¿Crees en el cielo y el infierno?*

¿Crees en el cielo y el infierno?

Si soy honesto, nunca
he pensado mucho en eso.
Supongo que la mayoría de los muchachos
de mi edad viven día a día según esta vida
y se preocupan poco
por la vida en otra dimensión.

Pero si tuviera que responder a la pregunta ahora,
en este momento, diría:
Sí, sí, creo en el cielo y en el infierno.

Pero ¿son espacios físicos,
debajo o encima de la superficie de la Tierra?
¿Son inventos metafóricos?
¿O son lugares a los que vas en tu mente
para ayudar a describir lo indescriptible?

EL CIELO EN LA TIERRA

Una canasta limpia
La letra de canción justa en el momento justo
Cada sorbo de una Coca-Cola mexicana fría
El abrazo de la persona que te dio la vida
La primera nadada del año, por allí en marzo

EL INFIERNO EN LA TIERRA

La muerte de un héroe
Cáncer en etapa 5
La clase de álgebra de la señora Rubin
Las enfermedades y el hambre
Los desastres naturales que acaban con miles de personas

El cielo y el infierno: hermosos y terribles y peligrosos.

¿CUÁL ES TU SUEÑO? (#3)

le susurro a mi abuelo, que está acostado
en su tumba. *Pintar el mundo tal y como es,*
me dice. *Pero los colores correctos se siguen escurriendo*
entre mis manos.

PAPI ME DEVUELVE LA MIRADA

en el espejo del baño.
En mi cara, él sigue muy vivo.
Mis ojos color chocolate son de él.
La punta de mi nariz, de él.
Mi boca y mi mandíbula tienen la misma curva que las de él.
Mi cabello, castaño y rebelde, es de él.

Si alguna vez me crece un bigote denso.
Si alguna vez se me ensanchan los hombros.
Si alguna vez doy el estirón que me prometió
mi viejo profesor de gimnasia,
la gente que conocía a Papi me va a mirar
y no va a saber qué pensar
de esta brujería sospechosa
que hace que los muertos vuelvan a vivir.

ÚLTIMAMENTE HE ESTADO PENSANDO

en las herencias.
Una palabra larga para los dones y las maldiciones
que vienen bajando por nuestro linaje.

No solamente las características físicas,
también manías de personalidad, esas cosas
rociadas en las fibras de nuestro ADN.

Papi me dio su
terquedad, su corazón limpio
y su desconfianza a muerte de la autoridad.

Ma me bendijo con su voluntad de hierro,
su tendencia a pensar demasiado
y su debilidad por el dolor ajeno.

Quítenme cualquiera de estas cosas y me siento
incompleto. Una hamburguesa sin pan.
Chips Ahoy! sin leche.

APARTE DE ESO, ESTOY PERDIDO

No creo que sea capaz de organizar
las letras correctas que armen las palabras
correctas para crear las frases correctas
que digan exactamente lo que siento sobre

en dónde voy en mi lectura,
entonces lo voy a poner así:

Este libro es
    algo *diferente*.

REFLEXIONES DE MEDIODÍA SOBRE MACONDO

¡Vamos a Macondo!
Donde todo está abrasado, sofocante, caótico
Donde los Buendía viajaron a través
de montañas y pantanos en una búsqueda inútil
de una tierra prometida

¡Vamos a Macondo!
Donde trabajadores bananeros fueron asesinados
por su propio gobierno
Donde nada es más real que el mar

¡Vamos a Macondo!
Donde los matones cargan machetes
como si fueran palillos
Donde los dobles de Gabo beben
cervezas en bares turbios
e intercambian historias con vagabundos
flotando sobre el resplandor de las rocolas

¡Vamos a Macondo!
Donde las mariposas amarillas aparecen como
símbolos de amor
Donde lo ordinario se encuentra con lo imposible

¡Vamos a Macondo!
Donde las calles están inundadas de mentiras y mentirosos,
niños jugando y lenguaje
Donde la gente se une contra los tiranos

¡Vamos a Macondo!
  Donde los ricos
  se codean con los pobres
  Donde cualquier cosa y todas las cosas
  pueden convertirse en nada en un instante.

PIENSO EN LA PARTE DE LA NOVELA

en la que el padre Nicanor Reyna, el cura
del pueblo de Macondo,
se propone demostrar la existencia de Dios.

Todo el pueblo observa cómo
bebe de una taza de chocolate humeante,
cierra los ojos y levita
a casi un pie del suelo.

La única persona que duda
de la autenticidad de este espectáculo
es José Arcadio Buendía,
el hombre más importante
de la familia Buendía y fundador
del propio pueblo de Macondo.

No quiero decir demasiado,
pero me encanta cómo García Márquez
desmonta a Buendía
y sus dudas,
y cómo incluso el cura deja
de tratar de convencer a Buendía,
cuestionando su propia fe en el proceso.

No sé si Papi creía en Dios,
pero esta sección se lee como una historia
que Papi nos hubiera contado
antes de irnos a dormir
cuando debíamos estar rezando.

LLAMANDO A TODOS LOS ESPÍRITUS

Le doy la bienvenida a cualquier espíritu que haya poseído a García Márquez
para que pudiera escribir como alguien que no es de este planeta.
Ya voy a más de la mitad de la novela y sigo volviendo
a releer otras secciones que recuerdo a medida que avanzo
en el libro. Al principio de la historia, José Arcadio Buendía
quiere marcharse de Macondo con su esposa Úrsula y su hijo pequeño.
Ella se niega.

Úrsula le recuerda a su marido
que Macondo es el lugar donde nació su hijo y que, solo
por esa razón, están amarrados a él, quizás para siempre. Buendía
le dice que una persona no pertenece a un lugar hasta que esté
seis pies bajo la tierra. Sé que este libro no se trata de mí, ¿vale?
Pero frases como esta me hacen preguntarme a dónde pertenezco *yo*.
¿El hogar es una persona o es un lugar?

MUCHO MÁS TARDE, ÚRSULA SE PREOCUPA

de que su hijo, el coronel Aureliano Buendía,

como su padre antes que él, pase demasiado tiempo en el laboratorio.

Ella dice:

Los hijos heredan las locuras de sus padres.

Leo las palabras una y otra vez,

reorganizándolas en mi mente.

Sus padres; locuras heredan hijos

Padres / heredan / hijos / locuras / sus

Hijos / locos / sus / padres / heredan

Heredan / hijos / padres / sus / locuras

DEBO ADMITIR

Pasar tiempo con este libro
en Cartagena ha sido chévere.
Leerlo ya se sentía como magia.

Pero leerlo *aquí,*
en la ciudad donde Gabo se aparece en cada calle,

y ahora,
durante los más nublados
meses de mi vida,

es otro tipo de especial.
Se ha convertido en algo más que

El Libro Favorito de Mi Padre
o, como lo llama Camilo,
La Historia Detrás de la Historia.

Me hace sentir
como si todo fuera posible.

Hay un cielo y un infierno
y todo lo que hay entre
  las líneas.

Miro el marcapáginas
que me dio Camilo, que tiene una cita
del discurso de Gabo cuando ganó
el Premio Nobel de Literatura, en 1982:

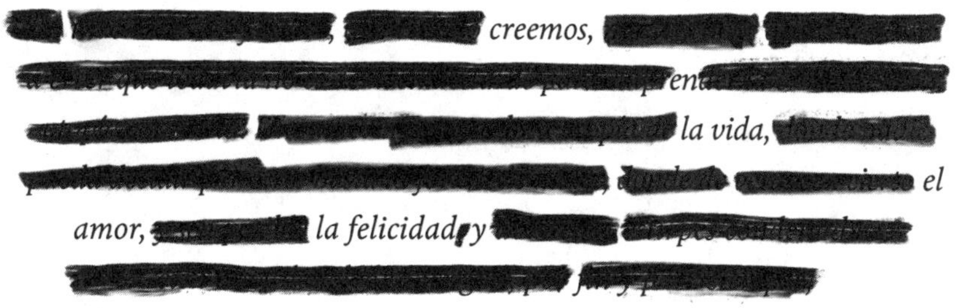
creemos,
la vida,
el
amor, *la felicidad y*
una segunda oportunidad sobre la tierra.

Gabriel García Márquez

ME DOY CUENTA DE QUE LO QUE TENGO QUE HACER

es ver a Camilo.
Arreglar las cosas.
Superarlo.
Nadie es perfecto
y extraño a ese bromista.
Le mando un mensaje:
ven a recogerme.
Cojo mi mochila
y mi libro, con el marcapáginas y todo.
Pasan unas horas
y el taxi de Camilo está fuera.
Sin más ni más,
nos vamos
a toda velocidad.
¿Qué puedo decir?
Supongo que las segundas oportunidades
(darlas, recibirlas)
corren en mi familia.

MIRAR EL MUNDO PASAR

por la ventana del taxi de Camilo
me hace sentir triste y feliz
al mismo tiempo.

Los constantes cambios   de paisaje
El elenco rotatorio   de personajes
Cómo lo que ves afuera   puede afectar lo que ocurre adentro.

¿Tiene sentido? ¿Te ha pasado
a ti? Hasta los momentos más ordinarios de la vida
pueden ser románticos cuando se ven
desde el otro lado del vidrio laminado.

He decidido que Colombia,
Cartagena para ser exacto,
es el lugar más increíble
que existe. Podrías decir:
Pero, Marcos, ¿cómo podrías saber eso
si no has estado en ninguna parte,
si apenas has viajado?
¿Has visto Machu Picchu en Perú?

¿O la Montaña de la Mesa en Ciudad del Cabo, Sudáfrica?
¿Y el río Sena en París?
¿Has estado allí?

A todo eso yo digo: *No, pero confía en mí.*
¿Acaso una cara como esta diría mentiras?

EL SOL DE CARTAGENA

me pinta como a mis ancestros.
Me pinta como las historias de Papi
y los recuerdos extraordinarios
que han dejado
marcas permanentes en mí
como tatuajes en la mente.

Colombia es más que el lugar
en el que nacieron las caderas de Shakira,
que no mienten,
y los imperios del mal
que alguna vez mandaron.

Entiendo por qué Papi
era tan protector
con la forma en que los demás
veían a su país.
Quería que yo
y todos los demás
entendiéramos que es
más hermoso

y complicado
de lo que piensa
la gente de mente cerrada.

Todo lo que veo hoy
son pájaros de paz
y no de guerra.

Amor y no balas.

EN EL TIEMPO QUE LLEVO AQUÍ

he dejado pedazos de mí mismo
por toda la ciudad. Antes de irme,

espero dejar
más partes de mí.

Quiero aprender a aceptar
las cosas tal y como son.

Dejar de venerar el pasado
para poder volver a vivir.

Papi ha acabado de vivir
y yo solo puedo esperar no haber acabado de desprenderme.

CAMILO ME FELICITA POR MIS TENIS

Y yo le digo: *Gracias, son Air Jordan 1s.*

Él responde: *Lo sé, muy clásico.*

Yo digo: *Sí, quizás el zapato de baloncesto más crack de la historia.*

Él dice: *Los que llevaba Michael cuando anotó 63 puntos en los playoffs de 1986.*

Yo digo: *Sí, señor, y mírate tú, con tus Karl Malones.*

Él dice: *Gracias. Están gastados, pero son muy cómodos.*

Yo digo: *El otro día aniquilamos a esos gamberros.*

Él dice: *¿Aniquilamos?*

Yo digo: *Sí, los destrozamos, los derrotamos y casi los ejecutamos a plena luz del día.*

Él dice: *Somos como el Dream Team olímpico de 1992.*

Yo digo: *Claro, soñar es gratis.*

Él dice: *Sigue soñando, soñador.*

Yo digo: *Te perdono por no haberme contado antes lo del accidente.*

Él no dice nada, pero lo dice todo.

ODA AL DREAM TEAM

Primero, los cinco titulares:

Michael Jordan, que se lanzó
al aire y le robó el nombre.

Earvin Johnson, coronado Magic
por su hechicería.

Charles Barkley, al que llamaban de todo
pero sobre todo Sir Charles, ya que sus habilidades
en la cancha exigían respeto.

Karl Malone, un arma ofensiva
cuya compostura y poder siempre entregaban resultados,
lo que le valió el título de The Mailman.

Patrick Ewing, que lucía un corte de pelo alto
y sigue siendo uno de los pívots con mejor tiro
que haya visto el baloncesto.

Eran estilo.
Eran elegancia.
Eran uno.

También tenían a...

Larry Bird: canasta sobre la chicharra, pasador bestial,
rey de meterse en tu cabeza

David Robinson: dios del poste, seis veces All-Star,
dos veces campeón de la NBA

John Stockton: base puro,
tira, pasa, te roba el balón

Christian Laettner: compilado de jugadas universitarias,
diablo guapo, te roba a la chica

Scottie Pippen: manejo letal, defensor de primera, fuerte como un oso

Chris Mullin: tirador zurdo,
blanquito de corte plano, manejo infinito

Clyde Drexler: apodado Clyde The Glide con razón

El Dream Team olímpico de 1992.

Eran estilo.
Eran elegancia.
Eran uno.

LOS ABUELOS DE CAMILO

se hicieron cargo de él y de su hermano
después de que se murieron sus padres.
Su abuela, cuenta Camilo
mientras descansamos en la casa
donde lo criaron,
nunca le habría dejado
prestar ese taxi a nadie.

Era sabia, dice.
Ella entendía que las personas
tienen sus propias motivaciones.

Los humanos son egoístas.

Por alguna razón,
Camilo no escuchó
la voz de su abuela guiando
sus movimientos ese día,
como a veces lo hace.
Digo que a veces oigo la voz de Ma
en mi cabeza, también.
Es un susurro o un aviso
que ignoro
y luego me arrepiento de haber ignorado.
Siempre me prometo que
la escucharé
la próxima vez.
Pero ya sabes cómo va eso.

SEGÚN CAMILO, ESTAMOS TODOS HUYENDO

de algo
o de alguien.
Y eso incluye
huir de nosotros mismos.
Se frota el lado derecho
de la cara
y se masajea la barba incipiente.

Cada persona
que está viva
anda huyendo.
Huyendo de
la vida y la muerte,
de problemas y soluciones,
de preguntas y respuestas.

Vamos y venimos
entre irnos y quedarnos,
entre amigos y enemigos.

Siempre estamos moviéndonos,
siempre huyendo, siempre
dudando.

Nunca he conocido a nadie
como Camilo.
Escucharlo
es como emborracharse
en un laberinto.

Sin embargo...

SIENTO QUE

cuando Camilo se desahoga
diciendo *nosotros*, *nos* y *nuestro*,
está hablando de sí mismo.
Parece imposible que alguien
pueda saber lo que piensan todos.

Mucho de lo que dice
me parece bien, quizás el 89 por ciento.
El otro 11 por ciento se me escapa
por encima de la cabeza
como un cohete saliendo de la órbita.

Quizás añade
nosotros, *nos* y *nuestro* a
sus afirmaciones y teorías
para sentirse menos solo.

La soledad podría ser
la peor epidemia
del mundo,
si me preguntas.
Creo que José Arcadio Buendía
estaría de acuerdo.
Si sabes, sabes.

CAMILO NOTA

que yo he estado
devorando las páginas
como un depredador alfa
y me aconseja que
por favor
reduzca
el ritmo.
Para saborear cada
palabra y frase,
párrafo y página.

Le digo
que lo hago.
Le digo que no me diga
cómo comer.

Este libro es:

Letras apiladas
unas encima de otras
como panqueques
de arándanos. Palabras
volteadas y revueltas
como huevos por la mañana
rociados con salsa picante.
Líneas enlazadas
como papas fritas caseras
y jamón picado.
Cada párrafo
fluye hacia
el siguiente
como pollo
y waffles.
Páginas enteras
hechas para zampárselas
como la leche
que queda después
de un tazón gigante
de Cinnamon
Toast Crunch.

Como Ma le decía
a Papi: Mis felicitaciones
al chef.

ES DOMINGO Y CAMILO

me invita a ir a misa con él.
Ma dice que está bien.
En cuestión de días, vamos a esparcir
las cenizas de Papi, y le digo
que quiero decir unas oraciones.

Hay una pequeña iglesia que Camilo
visita de vez en cuando.
Tal vez te guste, me dice.

No he ido a la iglesia
desde el funeral.
Y antes de eso, ¿quién sabe?
Camilo dice que le ayuda
a ser más consciente de su existencia
y a recordar lo que es importante.

No le digo que, para mí,
la iglesia es un símbolo de la muerte
y de morir. ¿Cómo le
dices a alguien que lo que le da vida
te recuerda al día
que llegó tocando la muerte?

EN LA IGLESIA VEO

Ventanas de cristal.

Naranjas, azules y verdes.

Creyentes y no creyentes arrodillados.

EN LA IGLESIA VEO

Velas por todas partes.

Pastores, reyes magos y ángeles.

Rindiendo homenaje al niño D-I-O-S.

EN LA IGLESIA VEO

Una imagen de Cristo.

Sosteniendo siete estrellas en su mano.

Oraciones, cantantes y contadores de ovejas.

DE VUELTA EN SU CASA, CAMILO

tose
y
expulsa

sangre
en
el
lavamanos
del
baño
como
si
no
fuera
gran
cosa.

Pero
sé
que
algo
pasa
cuando
alguien
tose
sangre.

ANOCHE, GARCÍA MÁRQUEZ

visitó a Camilo en una serie sueños.

Mientras me lleva de vuelta a casa de mi tía, Camilo dice:

Los sueños se sintieron tan reales

y olieron tan reales

y parecieron tan reales

como tú sentado

aquí mismo, justo ahí

a mi lado, Marcos.

CAMILO INTENTA DESCRIBIR SUS SUEÑOS

que suenan como
alucinaciones o
historias de Elige tu propia aventura.

Tengo los brazos cruzados y los oídos listos
para darle una oportunidad.

Me pregunto si Camilo se ha obsesionado tanto
con García Márquez que el autor se está
infiltrando en su subconsciente,

tomando diferentes formas y caras,
lo bueno, lo malo y lo feo.
Lo intenta de nuevo...

VIVIENDO EL SUEÑO

Anoche,
el más grande escritor

que jamás haya existido vino a mí
en un sueño y me salvó de desangrarme
hasta morir por los cuchillazos que sufrí en una pelea.
Estaba buscando a mi madre en un callejón, pero en su lugar
me encontré con un hombre con un cuchillo. Estaba en la calle, moribundo,
cuando un desconocido me vio y me llevó corriendo a urgencias.
El médico que me atendió no era otro que el rey de los reyes
Gabriel García Márquez.

Anoche,
el más grande escritor
que jamás haya existido vino a mí
en un sueño. Estaba tirado en la calle fría
al borde de la muerte y de un asesinato sangriento cuando
un buen samaritano me recogió, me llevó cargando a
su camioneta y me llevó rápidamente al hospital. Cuando llegamos,
abrí los ojos y vi que este perfecto desconocido
que me había salvado del pozo del infierno era nuestro pana
Gabriel García Márquez.

Anoche,
el más grande escritor
que jamás haya existido vino a mí
en un sueño. Mientras buscaba a mi
madre en las calles oscuras y melancólicas
de nuestra querida Cartagena, un hombre se me acercó
y me preguntó si lo recordaba, pero yo no lo reconocí.
Murmuró algunas cosas que no entendí y luego
sacó una navaja brillante. El hombre me cortó tres veces
y se paró sobre mí susurrando el Padrenuestro. Fijé
mis ojos en los suyos y vi que era el asesino más grande que jamás haya escrito
Gabriel García Márquez.

NO SÉ

qué pensar de los sueños de Camilo.
No estoy seguro de si quiere que
lo ayude a descifrarlos o si simplemente
está satisfecho con que lo escuche.
Oírlo.
Sin juzgar.
Lo único que sé es que los domingos son para descansar
y yo no soy terapeuta ni intérprete de sueños.

LLEVO AQUÍ

ya no sé cuántos días
y el taxi de Camilo se ha convertido
en parte de mi cuerpo.

Es donde:
como
bebo
sueño
escribo
dudo
me tiro pedos
miento sobre tirarme pedos
miro
observo.

Es donde escucho a Camilo mientras describe
sus episodios confusos

y comparte visiones nubladas
que parecen tramas de películas
de bajo presupuesto. Cada día juntos
se siente como un escape.

NO TENGO NI IDEA,

le digo a Camilo cuando me pregunta
qué pienso de sus sueños.
Sus sueños sobre el famoso autor
que evidentemente también es su:

médico
ayudante
asesino

NO TENGO NI IDEA,

repito cuando me lo vuelve a preguntar.
Pero si tuviera que sacar algo
de mi trasero para él, diría

mmm, déjame pensar...

quizás
el sueño es sobre
cómo aquellos
a quienes más queremos
y las personas a quienes más admiramos
son los mismos

que al final
nos rompen el corazón.

ENTONCES

Camilo dice
con cara seria:
Apuesto a que tu Papi,
que te ayudó
con tus pesadillas,
podría haberme ayudado
a descubrir el significado
de mis sueños.

Sí,   claro.   Obvio.

Obvio.   Claro,   sí.

¿TIENES HAMBRE?

Parece una pregunta sencilla
en otro lunes por la tarde
charlando en la casa de Camilo.
Sí o *no* parecen respuestas sencillas.
Pero cuando tienes hambre de tanto
(comida, historias, nuevas formas de sentir
cosas viejas),
la pregunta es mucho más
complicada/delicada/peliaguda.
Siempre tengo hambre,

pero en lugar de decir eso,
digo: *¿Por qué las mujeres*
de la novela de Gabo siempre se llaman
Úrsula, Amaranta y Remedios?

¿Y por qué todos los hombres de esa familia
están tan hambrientos de poder?

Maldita sea, dice Camilo, *¿quieres*
almorzar, sí o no?

Este libro está
jugando con mi cabeza.

CAMILO ME MUESTRA UNA FOTO

de García Márquez y recuerdo
dónde la he visto antes.
Papi tenía la misma foto
del autor, recortada de un artículo
de periódico. Estaba en su escritorio,
junto a una pila de revistas.
En la foto, García Márquez
luce un ojo morado.
Como si le hubieran dado un puñetazo.
No sé por qué.
No pregunto, pero
pienso para mí mismo.
¿Él también era un luchador?
¿Como los Cadena?
Tenían el mismo bigote,

Papi y García Márquez.
Grueso.
Oscuro.
Amistoso.
Un bigote de bigotes.
Nivel rey.
Algún día yo tendré uno también.

¿CÓMO TERMINARÁ ESTO?

¿Tiene Camilo un plan?
No puede huir para siempre.
Vale, no está necesariamente huyendo,
y no sabe con certeza
si alguien está intentando
encontrarlo. Pero si ese muchacho aparece muerto,
¿eso convierte a Camilo,
que es técnicamente responsable del taxi,
en cómplice de asesinato?
¿Podrá demostrar su inocencia
si la ley viene a preguntar?

MANTRA

No le digas a Ma
aM a sagid el oN

No le digas a Ma
aM a sagid el oN

No le digas a Ma
aM a sagid el oN

No le digas a Ma
aM a sagid el oN

No le digas a Ma
aM a sagid el oN

No le digas a Ma
aM a sagid el oN

No le digas a Ma
aM a sagid el oN

No le digas a Ma
aM a sagid el oN

No le digas a Ma
aM a sagid el oN

No le digas a Ma
aM a sagid el oN

No le digas a Ma
aM a sagid el oN

No le digas a Ma
aM a sagid el oN

No le digas a Ma
aM a sagid el oN

No le digas a Ma
aM a sagid el oN

No le digas a Ma
aM a sagid el oN

No le digas a Ma
aM a sagid el oN

Eso es un *No le digas a Ma* por cada año que he vivido en esta Tierra.

Y un *No le digas a Ma* al revés por cada año que he vivido
al revés.

ALERTA SEMISPOILER

José Arcadio Buendía
vive parte de sus últimos años
amarrado a un castaño.
Después de que lo llevan adentro,
su esposa Úrsula
lo alimenta y cuida.
Buendía se consuela
con sueños de libertad.

Cuando Buendía muere
misteriosamente
(por asesinato o suicidio
o ninguna de las dos cosas)
se produce un real, muy real
cambio en el viento.

Hasta la naturaleza lamenta
la muerte del hombre.
Fuera de la ventana,
la gente ve
una ligera lluvia de florecillas
amarillas cayendo.

Pero su fantasma sigue vivo,
visitando a su esposa
y vagando por la ciudad.

Suelto el libro
y me pregunto: ¿ha visto Ma
alguna vez el fantasma
del único hombre
con el que se acostó?

CAMILO DECIDE QUE QUEREMOS ALMORZAR

Quiere ir solo
a buscarnos algo de comer.
Desde que lo conozco,
él paga todo,
usando las propinas que gana
con nuestros viajes para comprar cosas.
He intentado contribuir,
para bebidas y chucherías
de la panadería, pero él
siempre insiste en pagar:

En Colombia, la generosidad es nuestro don espiritual.

Esta vez no me rindo,
y le entrego $17,
que él finalmente acepta.

No leas a Gabo mientras no estoy,
me grita por encima del hombro.
Ve un poco la televisión, por una vez.

Luego va hacia la puerta,
arruga y tira el dinero
que le di sobre la mesa de la cocina,
y sale corriendo y riéndose.

La generosidad ataca de nuevo.

LAS TELENOVELAS COLOMBIANAS LO TIENEN TODO

Grandes tetas y culos.
Lágrimas, tragedias, rabietas.
Ira, acción, incendios provocados.

Solía ver estas telenovelas
con Ma cuando era pequeño.
Cuando Papi trabajaba
de portero en la avenida Collins.

A veces tenía que acostarse temprano,
así que Ma y yo nos quedábamos despiertos
envueltos en las locas
vidas de los personajes de la tele.

Ma diciendo *¡ay, ay, ay!* y *¡oh, oh, oh!*
Yo sentado allí en sus brazos,
entendiendo a medias por qué
todos estaban perdiendo la cabeza.

Ahora que soy mayor,
entiendo por qué millones miran
conteniendo la respiración
y se emborrachan descuidadamente con el drama.

DOS HORAS PASAN VOLANDO

como un pase sin mirar
y Camilo aún no ha vuelto.
Tengo que salir de aquí.
Es extraño estar en casa de Camilo sin él,
con su abuelo dormido en la otra habitación.
El anciano no tiene ni idea de quién soy,
ni siquiera recuerda haberme conocido.
Pero Camilo me dijo que lo dejara en paz,
así que eso hago.

Como ya he leído todo lo que podía
y he visto todo el culebrón
que puedo soportar, salgo a caminar.

No sin antes coger los
17 dólares que Camilo rechazó.

Camino y camino,
con mi libro en la mano.

No sé muy bien
por qué lo traje.

Me siento en casa en estas
calles impredecibles.
Más de lo que habría pensado.

Paso junto a los vendedores de joyas
y sombrereros
y los ancianos y ancianas
que empujan carritos de madera
llenos de montones de fruta fresca.

Los niños pasan a toda velocidad en bicicletas,
con el viento en el pelo.
Hibiscos rojos y blancos
resaltan como si tuvieran algo que decir.

Banderas colombianas ondean en el cielo.
Las risas se derraman por las calles.
Me detengo en un banco para leer unas páginas.

Un hombre con un cuchillo de Rambo
deambula, hablando solo y lanzando
palabras groseras a la brisa.

Una gota de lluvia cae en mi mano.
Llovió en Macondo, también, durante casi cinco años.
Tendré que coger un taxi de vuelta pronto.

GASTÉ CASI TODA MI PLATA

en un bolso hecho a mano
para Daniela.
Una mochila morada y verde lima,
lo más brillante
que he visto en mi vida.
Uso el resto
del dinero
para comprar mango
con sal y jugo de limón,
el mango más rico
que he probado.
Me alegro de que Camilo
haya dejado el dinero.
Sin él, estaría
sin mango.

REGRESO A CASA DE MI TÍA

y, en el camino, paso por un edificio rosa
con un letrero que dice *segundas oportunidades*.
El taxista, un hombre de piel bronceada y correosa
y una cálida sonrisa de dientes picados,
me dice que es una prisión. Una prisión que también
es restaurante. Los reclusos sirven al público
mientras cumplen su condena.
Lo dirige un chef con estrella Michelin al que
le gusta bailar la conga.

Buen vino. Ceviche de pescado de primera,
dice el hombre. No puedo creer lo que oigo.
Una segunda oportunidad es un segundo baile en esta ciudad.

POR HABLAR TANTO DE LA PRISIÓN

ahora no puedo evitar
imaginarme
entre rejas en
una abarrotada
cárcel colombiana
con dos compañeros de celda.
Camilo y el hombre
que mató a mi padre
con su camión.
En mi ensueño,
los tres estamos
cumpliendo cadena perpetua.
Pasamos los días leyendo
libros de la biblioteca
con páginas gastadas
y haciendo lagartijas
para ser más musculosos
que los demás.
El asesino siempre gana
porque es mayor,
más fuerte y más sabio.

HE OÍDO HABLAR DE EXCONVICTOS QUE

han pasado tanto tiempo en la cárcel
que no saben cómo funcionar
cuando se reincorporan a la sociedad.
Se han acostumbrado tanto a
que les ladren, a que les digan cuándo
comer, cuándo bañarse
y cuándo dormir, que la libertad les parece
como un trabajo que no quieren.

Afuera, algunos no encuentran
trabajo ni hogar ni un lugar donde pertenecer,
entonces acaban volviendo derechito a la celda,
como trozos de carne en una cámara frigorífica.
La prisión les da todo lo que necesitan:
comida, refugio, un horario y una comunidad
que los acepta. Es una segunda oportunidad
    en reversa.

CUANDO ENTRO, ESTÁN COMIENDO

bandeja paisa
en el comedor.
Lo que queda de Papi está
en el banco del piano.
Pero ya no queda música
por tocar.
Su tiempo dentro de la urna
está llegando a su fin.

Si no lo sabes,
la bandeja paisa es
el plato nacional de Colombia.
Es una combinación sustanciosa
de proteínas y carbohidratos.

Un plato tradicional consiste en:
chorizo colombiano,
carne molida,
arroz blanco,
frijoles rojos,
chicharrón,
arepa,
plátanos,
aguacate
y un huevo frito
(siempre un huevo frito)
encima.

Es muchísimo,
por eso se
considera un ataque
al corazón emplatado.
Disfrútalo
bajo tu propio riesgo,
o déjalo...
tú te lo pierdes.

EL SOL SE PONE SOBRE CARTAGENA

como si el cielo explotara
en mil colores.

Besa el horizonte
creando tonos
rojos, azules y amarillos.

Desde el sofá de mi tía,
veo al día
desvanecerse como tinta sobre papel.

Miro fijamente la urna.
La urna me devuelve la mirada.
Estoy listo para que
esto termine de una vez.

EL CORAZÓN ROTO ES

un vacío que se queda como humo de cigarro.
Libros abandonados y llamadas ignoradas.

Es
mirar al vacío
y ver películas sin sonido.

Es
sándwiches de mantequilla de maní apenas tocados
y las mismas tres canciones en la radio.

Es
la negación compartiendo el pan con la ira.
Scrollear en redes sociales buscando señales de la miseria de otros.

Es
tardes en la cama con las cobijas sobre la cabeza.
Los recuerdos más diminutos volviendo como la calma después
de una tormenta.

EL HOGAR ES

una sensación que te calienta el estómago.

Es más que las líneas inventadas
que separan a las personas y las naciones.

Es un blanco móvil que
se retuerce y se dobla,
como objetos afilados que no puedes
llevar en tu equipaje de mano.

El hogar es y fue
y puede ser
lo que sea
y donde sea
que quieras encontrarlo,
si buscas
con suficiente intensidad.

MI MENTE SE DESVÍA HACIA

lo diferente que habría
sido mi vida
si hubiera crecido aquí.

Paseos en bici con pechos al aire con Papi.

Perseguir palomas con Daniela por la plaza de Bolívar.

Hamburguesas con Ma en La Pepita, en la calle de los Puntales.

Cucharadas semanales de helado de menta con chocolate
en la Gelateria Paradiso.

Guerras de palabras con los hijos de los amigos de Papi,
a cuyos papás él
tal vez o tal vez no
les hizo bromas.
Cuando tenían nuestra edad.

Veranos borrachos de sol en Bocagrande.

Buena música.

Siempre bailando.

Y yo,

en mi cuarto cada noche,

grabándolo todo,
como un escriba,
en hojas blancas como sábanas.

EXTRAÑO EXTRAÑO EXTRAÑO

a mis amigos.

Extraño extraño
mi cama.

Extraño extraño
mi cuarto.

(Mis pósteres, mis luces LED, mi tocadiscos).

Extraño extraño
mis peces, goldie hawn 1 y goldie hawn 2.

Extraño extraño
los taquitos de gasolinera y los granizados que me congelan el cerebro.

Extraño extraño
la almohada viscoelástica de Ma que robo de vez en cuando.

Extraño extraño
jugar baloncesto con los de siempre después del colegio.

Extraño extraño
los libreros de Papi que contenían mundos conocidos y
desconocidos.

Extraño
extraño
extraño no tener que extrañar lo que siempre había estado ahí.

DEVON ME DIJO UNA VEZ

que, aunque era un bebé
cuando su hermana gemela se murió,
siempre ha sentido que
le falta una parte.

Como si una parte de él también
hubiera muerto con ella, su gemela, su as,
la persona con la que compartió el vientre de su madre
durante nueve meses.

Me dijo que los gemelos
comparten un lenguaje entre ellos
que nadie más puede entender.

Son como almas gemelas
antes de entrar en un mundo
que hará todo lo posible   por separarlos.

HERMANOS DE OTRA MADRE TIERRA

Este es el tiempo más largo que he pasado
sin janguear con

Devon y Héctor.
El tiempo más largo que he pasado
en mucho tiempo sin

juegos de caballito
chistes cochinos
boxeo de cachetadas en la cafetería
intercambiar playlists
saludos inventados
malteadas de un dólar

después de la escuela con mis irremplazables
hermanos de otra
madre y otro padre.

EL NUEVO AÑO ESCOLAR NO ESTÁ LEJOS

y no sé qué pensar de esto.
Quizás no se suponga que piense nada de esto.
Ojalá pudiera disfrutar del verano
sin pensar en el tercer año
acechando como un ladrón.
Pero entonces no sería yo.
Lo único que sé es que todos los años empiezan igual.
Después de estrenar toda la ropa nueva,
lo cual solo toma una semana, si acaso,
básicamente todo va cuesta abajo.

Aparte del almuerzo y la clase de deportes,
todo lo demás es como

una prisión mental, emocional.
Dudo que leamos nada de
García Márquez, que
por sí solo podría quizás salvar
todo el año.
O no.

ME PREGUNTO

Qué hacen/cómo están
Devon y Héctor
ahora mismo

Cuál
de los Cadena ha llorado
más galones de lágrimas

Por qué
Dios hizo la vida
tan frágil y temporal

Qué/Cómo
está pensando Daniela
en este preciso instante

Cuál
ciudad me gusta más,
Miami o Cartagena

Por qué
Camilo

está
tosiendo
sangre
otra
vez

AHORA TENGO DOS EJEMPLARES

de CIEN AÑOS DE SOLEDAD.

Camilo vio
una edición en español
en una librería de segunda mano
y me la consiguió.

Fue publicada en 1991.
La portada muestra
un extraño árbol
en primer plano
con pájaros volando a su alrededor
y montañas al fondo.

Ya es hora de que aprenda a leer
y a vivir
como mi padre leía
y vivía.

En dos idiomas.
Sintiéndome
como en casa
con ambos.

HOY PODRÍA SER MI ÚLTIMO DÍA CON CAMILO

....

....

....

¡REACCIONA!,

dice Camilo.
Yo digo: *Estoy aquí.*

Él dice: *¿Te das cuenta*
de lo mucho que sueñas despierto?

Nunca había pensado
en eso, miento descaradamente.

Exacto, dice él.

Le devuelvo el grito: *¡Ah,*
mira quién habla!
Estás más en el espacio
que los asteroides
que orbitan alrededor del Sol.

ES EL PRINCIPIO DEL FIN

El principio del fin de pasar el rato con mi nuevo amigo
El principio del fin de aprender más sobre Gabo en
su lugar de descanso

El principio del fin de explorar la ciudad en taxi
El principio del fin del pan de queso en aceras colombianas
El principio del fin de enamorarme todavía más del traqueteo
de los coches tirados por caballos

Espero que no sea el fin de soñar en otro idioma
Espero que no sea el fin del resto de mi vida

AYER, CAMILO ME COMPRÓ

una navaja con mi nombre
grabado en la empuñadura.

Le había dicho que mi navaja,
la que me regaló Papi en mi décimo cumpleaños,
me la habían confiscado en el aeropuerto en el viaje acá.
Se me había olvidado que estaba en mi mochila,
debajo de un libro, algo de ropa
y un segundo par de zapatos.
El agente de seguridad me miró con corazón de piedra
y tiró mi Old Timer
a una caneca con un montón de basura:
cremas, geles para el pelo.
Una botella de ron medio vacía.

*Con la melodía de *99 botellas de cerveza en la pared*

♪♫♪ *Media botella de ron en la caneca.* ♪♫♪

Nunca se siente bien que te quiten algo
que amas,
ya sea una navaja o tu alma gemela.
Es un recordatorio de que algunas cosas
nunca se pueden reemplazar.

¿CUÁNTO VALE UNA SODA?

Tomar una Colombiana con Camilo es más divertido que los juegos de la YMCA o caminar solo por Bayfront Park con el ritmo retumbante de los carros que pasan.

Tomar una Colombiana con Camilo y dejarme llevar por el ritmo de sus historias mientras juega con la cremallera de su chaqueta Fila es más divertido que escuchar a mis vecinos pelearse por tonterías como quién dijo qué sobre quién.

Tomar una Colombiana con Camilo y pensar para mí mismo

Siento como si lo conociera de toda la vida

pero no decirlo en voz alta es chévere, porque una imagen de amistad vale más que mil palabras mudas.

LE PREGUNTO A CAMILO POR LA FOTO

La de García Márquez
con el ojo picho.
Hace muchos años,
según cuenta la historia,
Gabo se vio envuelto en una disputa
con Mario Vargas Llosa,
otro escritor sudamericano.
El porqué es nebuloso
(algunos dicen que estuvieron involucradas las esposas),
pero el meollo del asunto es que Vargas Llosa
le propinó un gancho de derecha
en un estreno de película en la Ciudad de México.
Gabo cayó al suelo, ensangrentado,
con las gafas rotas
en el puente de su nariz.
Alguien le dio
un trozo de carne cruda
para ayudarle con la inflamación.

Años más tarde, en 2010,
Vargas Llosa ganó
el Premio Nobel de Literatura.
Definitivamente no fue el
Premio Nobel de la Paz.

CAMILO EN HONGOS MÁGICOS

Camilo abre el portal
a quién sabe dónde
y entra.
Un país de las maravillas
en el ojo de su mente.
Físicamente está aquí
pero mentalmente está en un viaje,
donde los mundos estallan
y las preocupaciones
abandonan el cuerpo.

Está explorando
los entresijos
de lo desconocido, dice.
Me cuenta lo que ve
tal y como lo ve.

Puertas giratorias
y pavos reales de colores de golosinas
que saltan de las paredes.
Se va en estos viajes
de vez en cuando,

en sus días libres,
cuando necesita
claridad sobre algo.

Un nivel de conciencia
que solo las drogas psicodélicas pueden dar.
No hay preocupaciones
ni estrés, dice Camilo,
ni preguntas ni respuestas.
Solo hay el ser.

•••••••••••••••••••

Mira
por la ventana de la sala
y ve a mi padre
a lo lejos.
Sí, a mi padre.
Describe sus ojos amables
y su espíritu tranquilo.
Su pelo es ondulado
y abundante como el de un león.

Papi se para derecho
en el vacío,
vestido de negro.
Cubierto de luz.
Mira a Camilo
con cariño, como si mirara
a un amigo fiel.

Papi estira los brazos por encima
de su cabeza para coger dos estrellas
y se las tira a Camilo
como si fueran discos voladores con púas.

Estas son para Marcos,
dice Papi,
sin hablar.
Sus ojos dicen:
Por favor, dáselas a mi hijo.

Camilo coloca las
dos estrellas
en mis manos.
Yo no veo nada,
pero Camilo está convencido
de que las tengo en la mano.

De repente, la paz
me invade.
Me cubre de
arriba abajo,
como una presencia sanadora
y tranquilizadora.

Por esto
vine a Cartagena.
Y por esto
conocí a Camilo.

EL ÚNICO TATUAJE DE PAPI

estaba en su pecho,
sobre el pectoral derecho.
Era un barco grande
con tres flores
amarillas al frente.

Hoy examino la repisa de Camilo,
como he hecho ya tantas veces,
hojeando las distintas ediciones
de CIEN AÑOS DE SOLEDAD.

Entre esta colección veo lo que seguramente
ha inspirado el tatuaje de Papi,
que significaba tanto para él,
que decidió grabarlo en su cuerpo para siempre.

Es la misma imagen de la
portada de la primera edición.
Camilo cree que la ilustración viene
de uno de los primeros párrafos del libro.

Lo coge y me lo lee,
algo sobre:

Helechos y palmeras,
la silenciosa luz de la mañana,
un enorme galeón,
un bosque de flores.

ME AMARRO LOS TENIS PARA TIRAR CANASTAS

en la calle. Camilo dice
que va a salir
con su abuelo.
Pone la bolsa de deporte
que carga en el suelo
y me da un abrazo apretado,
que por alguna razón
se siente como un *adiós*.
Me dice que mire
a ambos lados en el
sinuoso camino de la vida
y nos reímos,
recordando la vez que casi
me mata con homicidio vehicular
ese día en el aeropuerto.
Camilo, mi mamá llega en unas horas,
así que no te demores una eternidad.
Chocamos puños y los dos
desaparecen por la puerta.
Camilo prende el taxi y
sube el estéreo,
heavy metal retumbando
como si viniera una tormenta.
Salgo driblando el balón
y grito *¡Apúrate!* mientras arranca a toda.
Se siente demasiado como un
   hasta nunca.

ESTÁ SUPERCALIENTE EN CARTAGENA

Caliente al nivel de Miami en julio.
Caliente como roca derretida.
Caliente como una fiebre.
Caliente como el chile fantasma.
Caliente como el cafecito matutino de Ma.
Caliente como es frío mi tiro en suspensión.
Caliente como *It's Dark and Hell Is Hot* de DMX.
Caliente como la ola de calor en el Macondo de Gabo,
donde hombres y bestias se vuelven locos
y los pájaros atacan las casas.
Demasiado caliente para la tele.
Caliente como las estrellas invisibles de Papi en mis manos.
Tan caliente que vuelvo a la casa de
Camilo después de 10 minutos.

ME ASUSTA

la visión
de un niño que mira
a través de la ventana
como un detective privado.
Nuestras miradas se cruzan
y él me hace un gesto
de que salga. Inmediatamente
sé que es Fernando,
el antiguo amigo de Camilo,
quien es ahora su enemigo.
Nuestro enemigo. Noto un cuchillo

de carne con una hoja de al menos
cuatro pulgadas
en su cinturón y me pregunto
si así es como
termina mi historia.

Camino hacia él, pero no dejo
que mi cara delate lo que sé.

Fernando: *¿Dónde está Camilo?*

Yo: *No lo sé.*

Fernando: *¿Cuándo volverá?*

Yo: *...no estoy seguro.*

Fernando: *¿Para qué sirves?*

Yo: *Honestamente, tampoco sé eso.*

Me mira,
visiblemente molesto,
y se marcha.

Mi historia
continuará.
Mi lectura
continuará.

ENCUENTRO UNA NOTA DE CAMILO

en la página 146.

Está doblada por la mitad
con una flecha
que señala una frase de cuatro palabras
que Camilo ha subrayado.
Dice: *Se hicieron grandes amigos.*

El fragmento es sobre
el coronel Aureliano Buendía
y el alcalde de Macondo,
el general José Raquel Moncada,
quienes formaron una amistad
a pesar de que eran de
partidos políticos rivales.

La nota de Camilo:

Marcos, gracias por ser un gran amigo para mí.
Me enteré de que el muchacho que fue atropellado
está en cuidados intensivos y no se espera que se
recupere. Aún no sé qué hacer.
Pero no puedo dejar que el odio y la amargura me consuman por completo.
Mi abuelo todavía me necesita, así que tenemos que desaparecer por ahora,
hasta que encuentre un lugar donde él esté a salvo
y pueda encontrar una manera de liberar mis pulmones de este cáncer.
Sé que volverás pronto a Miami.
Por favor, no te preocupes por mí.
Y por favor, mándale mi cariño a tu madre.

Marcos, no creo que volvamos a vernos,
pero ojalá que guardes las estrellas que tu padre
me dio para darte. Recuérdalo, pero también recuerda
vivir. Arde con la luz de su amor por ti
y no te condenes a 100 años de soledad.
La vida puede ser un baile difícil y, a veces, oscuro.
Pero aún puede ser bella. Gracias por ayudarme
a ver, sentir y comprender esto de nuevo.
Ahora es tu momento de lograr otro comienzo.
Oye, todos los humanos necesitan algo.
Esa cosa que los hace vivir
y que hace que la vida sea más divertida y significativa.
Demasiadas personas no tienen nada, Marcos.
Y eso es un gran problema. Encuentra algo para ti
y nunca estarás vacío.
Tu querido amigo por siempre y para siempre,
Camilo.

SOLO QUIERO

decirle
a la cara
que es uno de
los mejores
amigos
que he tenido.

Quiero que
sepa que
en una semana
cambió cómo

me veo a mí mismo.
Veo a mi padre.
Veo mis países.

Espero que
pueda ser libre
y tener a alguien
cerca en quien
pueda confiar.
Como un hermano.
Nunca pude
decirle
ese secreto que
me pidió. Tal vez
esa sea suficiente
razón para volver
a encontrarnos
algún día.

PAPI / GABO / CAMILO

Me dejaste
a mí y a nosotros pendiendo
de un hilo
en un mundo
sin ti
y sin
tu magia.

Pero nosotros
siempre tendremos

lo que dejaste,
tus palabras
y tus cartas,
y envejecerán
con amor

como una receta
pasada de
generación en generación,
multiplicando
su magia.

SOLO UN SENTIMIENTO

No sé si es
en dónde nacimos
o de quiénes nacimos
o los libros que leímos
o las películas que vimos
o la música que escuchamos
o la comida que comimos
o si es una combinación
de todas estas cosas...
pero, de alguna manera misteriosa,
parece que los cuatro
somos sombras de la misma persona.

LEO Y LEO

y leo un poco más.
El libro que flota

por encima de todos los demás.
Tomo las largas
frases lentamente
mientras saltan
de humano a humano
y de generación en generación.
Sorbo agua.
Inhalo.
Exhalo.
Miro por la ventana
entre páginas.
Inhalo.
Exhalo.
Leo entre líneas.
Inhalo.
Exhalo.

ROJO CEREZA

Recojo mis cosas

y lanzo una última mirada

al reino de Camilo,

esta casa que fue un hogar.

Estacionado al frente hay un BMW convertible

color rojo brillante, un carro que a Papi le encantaba.

Rojo Kool-Aid. Rojo como una rosa, rojo como las fresas y las mariquitas.

Rojo como la llama en tu corazón

cuando descubres que la muchacha que te gusta

siente lo mismo por ti.

Miro a Ma, a mi tía Norma

y luego a Daniela, que está hecha

una sonrisa en el asiento trasero.

Ma dice: *Lo alquilé solo por hoy,*

para que podamos recorrer Cartagena con estilo.

CUANDO SALIMOS DE LA ENTRADA

veo dos carros de policía
manejando hacia nosotros,
con las luces encendidas pero sin sirenas.
Nos pasan a toda velocidad y Ma dice:
Me pregunto de qué se trata eso.
Me encojo de hombros como si no tuviera ni idea,
pero creo que sé a dónde
van y de qué se trata.

¿Llegó el momento? ¿Camilo intuyó
que alguien venía? ¿Por qué no me avisó?
¿Confiaba tanto en mí como para saber que no iba a entrar en pánico?

Antes de doblar la esquina, le grito a Ma
más fuerte de lo que le he gritado nunca a nadie.

¡Para el carro!

Ma pisa el freno con fuerza,
como hizo Camilo aquella vez
que casi nos mata a nosotros
y al vendedor de arepas.

Veo los dos carros de policía
pasar por delante de la casa, yendo hacia otro lugar.
Por ahora, alivio.

LLANTOS EN LA PLAYA

Ma y yo nos sentamos en la arena,
con la urna acuática con las cenizas de Papi
junto a nosotros sobre una toalla.

Daniela y mi tía chapotean
en las olas de la orilla,
con los pantalones subidos hasta las rodillas.

Ma dice: *En todos los años que pasamos juntos,*
vi a tu padre llorar exactamente seis veces.

Cuando caminé hacia el altar
Cuando dos de sus mejores amigos murieron en cinco meses
Cuando Colombia venció a México y ganó su primera Copa América
Cuando naciste
Cuando nació tu hermana
Cuando murió García Márquez

Ma se va al baño
y me siento solo, corriendo
la arena entre mis dedos.

NO HE REZADO EN SIGLOS

pero si rezara,
le pediría a todo el cielo que
abrazara a mi madre.
Que la abrazaran
por una hora entera.
Que le enseñen a su espíritu
cómo seguir adelante, de alguna manera,
a pesar de haber perdido al único hombre
que ha amado.
El único hombre
al que ha besado.
El único hombre que vi
apartarle el pelo de la cara
para ayudarla a vomitar
aquella vez que bebió
demasiado ron
en la fiesta de su cumpleaños 40.

SOLO TENÍA 44 AÑOS

Duro como carne seca.
Compasivo.
A veces reservado.
Casi siempre te dejaba ver su corazón completo.
Le encantaba bromear con mamá.
Vivía para proteger a sus seres queridos.
Nunca me levantó la mano con rabia.
Tenía un brillo en los ojos que te decía
cuando estaba serio.
Tomaba el café negro como la medianoche.
Rara vez se terminaba su café porque se
distraía con una canción y tenía que calentarlo
en el microondas
una y otra vez.
Era un cóctel de contradicciones,
como su único hijo.
44 años.
Solo tenía.

ALGUNAS COSAS ES MEJOR NO

Algunas palabras   es mejor no decirlas.

Algunos mensajes   es mejor no leerlos.

Algunas punzadas de hambre   es mejor no saciarlas.

Algunas mantequillas   es mejor no untarlas.

Algunas heridas   es mejor no desangrarlas.

Algunas personas   es mejor no matarlas.

EN CONTRA, UNA Y OTRA VEZ

Contra el sentido
Contra mi voluntad
Contra mi mejor criterio

Contra el reloj
Contra la corriente
Una carrera contra el tiempo

Contra la ley
Contra ellos, nosotros
Contra la pared

Yo contra el mundo
Rabia contra la máquina
Una casa dividida y contra sí misma cae

Quiero plantarme
contra todo lo que
esté en contra de la vida.

Yo, Marcos Cadena,
estoy a favor de la vida,
contra viento y marea.

UNA FAMILIA DE TRES

Antes éramos cuatro, ahora somos tres.
Antes solo era Marcos, ahora soy yo.

Ella era la pequeña Daniela, ahora va a bachillerato.
Mamá era esposa, ahora es viuda.

Estamos mirando al mar en silencio.
Somos los mismos, pero diferentes de lo que éramos.

Solíamos ser cuatro,
                    ahora debemos aprender a ser más
                                        con menos.

Es eso o morir en el intento.

FLORES PARA LOS MUERTOS

Ma regresa del baño
con un ramo de rosas amarillas
que compró en la calle.
Dice que en el cumpleaños 87
de García Márquez, un mes antes
de que muriera,
se reunió una multitud afuera
de su casa en México
para cantarle *Las mañanitas*,
la canción tradicional mexicana de cumpleaños.

García Márquez se paró
frente a la puerta sonriendo
a la gente y sosteniendo
un ramo de rosas amarillas
que le habían traído,
  como estas.

ACUÉRDATE DE RECORDAR

Espero siempre
recordar este verano.
Aunque sé
que la mayor parte
se me pegará igual
que el pegamento Elmer,
estoy seguro
de que habrá detalles
que olvidaré
como un reporte escolar
pésimo porque,
como mencioné una vez
en un poema,
o como quieras llamarlo,
nunca recuerdo   mis sueños.

ESTOY LLEGANDO AL FIN DE LA NOVELA

y cada tres o cuatro páginas
busco las definiciones de

palabras que no sé.

Rencor, desencanto, abigarrado, taciturno.

Algo sobre como ciertas palabras
se sienten, saben y suenan.

Como cachemira.
Como caramelo.
Como una melodía.

Algo sobre cómo el traductor
las eligió con tanto cuidado,

diciendo lo que había que decir
mientras unían dos mundos.

Escogiendo las perfectas
entre un sinfín de palabras.

Esta cabe aquí,
esa está hecha a medida para allí.

El cielo se tiñe de un suave tono anaranjado.

Sé que ya casi es hora
de desaparecer   de aquí.

LOS CUATRO

miramos hacia el infinito,
absorbiéndolo todo.
El agua cálida del Caribe
brilla como cristal.
Ma coloca la urna
en la superficie
del agua y da un paso atrás.
Los cuatro miramos cómo una ligera brisa
la empuja más y más lejos
hasta que finalmente se hunde,
devolviendo a Papi a la ciudad que amaba
más que a ninguna otra.

Estamos aquí para ver el futuro.

PAPI...

Odio que haya tenido
que perderte
para encontrarme
y aceptarme a mí mismo.
Pero, aunque no pueda
tocarte, tú
siempre estarás aquí.
Porque tu Cartagena
está aquí. Y
Gabo está aquí.
No tienes otra opción

más que llevarnos,
que llevarme.
Y yo te llevaré
también a ti,
hasta que mi corazón se rinda
como el coro final.

CARTAGENA...

Odio que haya tenido
que perder a Papi

para poder
conocer tu brisa

contra mi cara.
Ahora estamos unidos

para siempre, como anillos de campeonato
y tu aire de misterio.

Volveré pronto,
aunque sea

a mi manera. Cartagena,
puedes apostarlo.

PARAMOS UN MOMENTICO

para ver la casa donde creció Papi.
Es un apartamento de 1 000 pies cuadrados
del color de los duraznos enlatados en el
primer piso de un edificio de tres pisos sin ascensor.

Aquí es donde Papi dio sus primeros pasos.
Donde dijo sus primeras palabras.
Donde se encontró por primera vez con el universo
que creó Gabo, que lo transformaría para siempre.

Por ahí corren niños jugando fútbol
y tirando chistes, tal como seguro
lo hacían Papi y sus amigos intentando
superarse unos a otros para impresionar a las niñas.

Papi me contó que una vez rayaron
la pared de este edificio con palabrotas,
pero los pillaron en las malas y les tocó
limpiar las paredes y sus corazones.

DE CAMINO AL AEROPUERTO

Miro fijamente todos los taxis que pasan.
No veo ni un adolescente al volante
de ninguno.
No hay rastro de ese bómper golpeado
ni de mi forajido favorito
que a estas alturas ya podría estar en
Barranquilla o Medellín.

Daniela cotorrea desde el asiento de atrás,
pero no puedo oírla por encima de la radio.
Ma se voltea hacia mí y hace una mueca chistosa,
me pellizca el costado con sus dedos.
Se ve superjoven y superbella.

Es una vida esperando a ser vivida.
Impecable como la página antes del poema.

LAS LETRAS ROJAS DE UNA TIENDA CERRADA CON TABLAS DICEN:

LO ÚNICO QUE GUARDAS
ES LO QUE PUEDES RECORDAR

THE ONLY THING YOU KEEP
IS WHAT YOU CAN REMEMBER

YO SOY EL QUE SOY,

un corazón y una mano abiertos.
Cartagena ha grabado
su magia en mí.
Magia que
arderá más
que las imágenes
de sol y cielo

que se encuentran en postales
y pósteres de viaje.

Esta noche, soñaré
con una ciudad
donde la magia
todavía es posible.

Una ciudad de fantasmas,
plataneros
y pájaros de fuego.
De un hombre llamado
José Arcadio, que hereda
la fuerza de su padre,

como yo.
Y recordaré
el sueño cuando me despierte
en mi propia cama.

Se sentirá como
un bautismo o
  como un puño abriéndose.

SALIDA

El agente escanea
mi tiquete. Miro
el número de mi asiento
antes
de hacerlo una
pelota apretada y
tirarlo a
la papelera.

Mi último tiro en suspensión
en Colombia.

No sé qué traerá
el día de mañana,
pero puedo
contar con los hechos:

Tres derechas hacen una izquierda.
El balón es la vida.
Y un padre es algo que puedes perder.

AHORA, SI SOLO PUDIERA CONVENCER AL PILOTO

de que el balón es la vida, amablemente
le pediría que tome
algunos desvíos.

Recogeríamos a Devon y Héctor
y caeríamos en todas las canchas de cada continente
y nos pondríamos finos como los Trotamundos de Harlem.

Asia, África y Norteamérica...
los barreríamos.

Sudamérica, Europa y Australia...
sentirían nuestra ira.

Ni siquiera los osos polares de la Antártida
están a salvo cuando clavo triples como un reloj
y trato de no morir congelado.

EN ESTE POEMA

todos viven.
Nadie muere
y todos

permanecen despiertos.

En este sueño,
todos viven.
Nadie muere
y todos

despiertan

y recuerdan lo que soñaron.

INSTRUCCIONES PARA SEGUIR ADELANTE

Gabo, odio que me haya tomado tanto tiempo
en descubrir lo que creaste

para nosotros, pero estoy agradecido de haberlo hecho.
Tu historia ha terminado

y la historia de Papi ha terminado,
y algo más tiene que empezar.

Leo atentamente sus últimas palabras
y cierro el libro.

Macondo ha sido arrasado
por el viento del apocalipsis.

El tiempo se ha acabado
para la familia Buendía.

He procesado mi nueva realidad
y abrí espacio para que algo más crezca,

como una rosa terca
en una rajadura en el cemento.

PREPÁRENSE PARA DESPEGAR

Resulta que aún
queda algo del verano.

Definitivamente le daré
un chance a la YMCA.

Eso debería ayudar a llenar los días
antes de que Devon y Héctor reaparezcan.

Pero primero tengo este vuelo de tres horas.
Ma dormita. Daniela se eleva

con los éxitos Top 40 en el teléfono de Ma.
Me pregunto qué estará haciendo Camilo.

Espero que encuentre lo que no sabe que
necesita. Espero que la policía resuelva el caso y descubra

quién golpeó a ese chico para que mi amigo pueda vivir
en paz en la Cartagena de él, de Gabo y de Papi.

En mi Cartagena.
Tres largas horas.

No hay nada mejor que hacer, entonces vuelvo a abrir
el libro y empiezo de nuevo desde el principio.

Cuando lo vi por primera vez en el librero de Papi
ese día, me sentí intrigado, pero incierto.

(Parece que fue hace tanto tiempo).

Ahora sé por qué Camilo lo llama
La Historia Detrás de la Historia.

La que vive una
segunda vida en tu mente.

La verdad es que la presencia de Papi
ha embrujado esta novela
desde el momento que la recogí.
La que estoy leyendo,
  y la que he estado viviendo.

De aquí en adelante prometo
mirar solo hacia adelante.
Correr o volar como endiablado
en dirección a lo que sea bueno
y hacer lo que sea que deseo
con esta segunda oportunidad sobre la tierra.

APOCALIPSIS 21, EL REMIX

Entonces, Camilo dijo: Vi un nuevo Miami y una nueva Cartagena,
ya que las primeras fueron destruidas y tragadas por el nivel del mar.
2 *Yo vi la Santa Ciudad, el nuevo Macondo, descendiendo de las nubes,*
preparada como una novia bellamente vestida para su esposo. **3** *Y oí*
una voz atronadora desde el trono que decía: ¡Mira! La morada de
Gabo está ahora entre el pueblo, y todos sabrán que Camilo es inocente,
que es un simple taxista con simples sueños de libertad. **4** *De ahora en*
adelante, la voz continuó, no habrá más muerte ni duelo ni acusaciones
falsas ni llantos ni dolor, porque las viejas costumbres han pasado y todo
es tan fresco y tan limpio, limpio. **5** *Yo soy el Gabo.* **6** *El Alfa y Omega,*
el Principio y el Fin. A los hambrientos les daré historias para comer.
7 *Los que son victoriosos disfrutarán del verdadero alimento, y yo*
seré su Maestro y ellos serán mis hijos. **8** *Pero los cobardes, los malos,*
los fastidiosos, los ladrones, los asesinos, los idólatras, los mentirosos y
todos los que doble driblean serán enviados al pavoroso lago de Coca-
Cola tibia. Esa es la segunda muerte. Pero aquellos que son buenos y
misericordiosos y practican la bondad y pueden improvisar un haiku
medio decente son aquellos cuyos nombres están escritos en el libro de
la vida de Gabo. El único libro que importa.

¿ALGUIEN PUEDE OÍRLO? POR FAVOR, DÍGANME, ¿ALGUIEN PUEDE OÍRLO?

Es el sonido
de mis huesos secos

chocando, recomponiéndose,
levantándose para ocupar su lugar.

AGRADECIMIENTOS

Gracias a mi familia, mi todo. Mi más sincero agradecimiento a mi agente Alex Slater por su confianza y orientación. Toda mi gratitud para Alexandra Aceves, una editora de ensueño cuya mirada aguda y mente brillante ayudaron a dar vida a esta visión. Un abrazo a mi tío Carlos, quien me presentó la obra de Gabriel García Márquez en su apartamento de Cali, Colombia, cuando tenía 16 años. Gracias al buen espíritu de Gabo por avivar la llama y, por último, gracias a quienes dan y reciben segundas oportunidades en todo el mundo.